I0551377

NOUVEAU
MAGASIN
THÉÂTRAL,
CHOIX DE PIÈCES NOUVELLES
JOUÉES SUR LES THÉATRES DE PARIS
ET DE LA PROVINCE.

CATHERINE DE MÉDICIS
OU
LES DEUX ORPHELINS
Drame en trois actes,

LES ~~BEAUX~~
F. B.

PRIX : 25 C.

PARIS,
RUE D'ENGHIEN, N° 10.
Ch. TRESSE, SUCCESSEUR DE J.-N. BARBA, LIBRAIRE,
Au Palais-Royal, galerie de Chartres.

AVIGNON,
CLÉMENT St-JUST, Libraire, place du Change.
1850.

MAGASIN GÉNÉRAL

CATHERINE

DE MÉDICIS

ou

LES DEUX ORPHELINS,

DRAME EN TROIS ACTES.

CATHERINE

DE MÉDICIS

ou

LES DEUX ORPHELINS,

DRAME EN TROIS ACTES, EN PROSE ET A SPECTACLE.

Par M. Félicien de Baroncelli.

PERSONNAGES :

ARTHUR , comte d'Entraigue.
DURAND , marchand de la Cité.
RICARDO , joaillier de la reine.
GERVAIS, intendant du cᵗᵉ Arthur.
MARCEL , valet de chambre du cᵗᵉ Arthur.
JARNAC,
Sᵗᵉ-FOIX , } seigneurs de la cour.
TAVANNE,

PERSONNAGES :

Sᵗ-CLAIR, page de la reine.
GRÉGORIO , {
MARSINI , } géôliers.
UN COMMIS.
CATHERINE DE MÉDICIS, reine de France.
MARIE d'Entraigue , orpheline , fille adoptive du marchand Durand.
LEONA , dame d'honneur de la reine.

Jeunes Seigneurs de la cour, Dames d'Honneurs , Pages, Valets , Soldats , etc.

ACTE PREMIER.

Le Théâtre représente un salon élégant ; à droite du Théâtre , une croisée ; à gauche , la porte d'une chambre à coucher ; dans le fond , la porte d'entrée.

SCÈNE PREMIÈRE.

* MARIE, *assise auprès d'un métier de tapisserie.*

Voilà déjà deux grands jours que je n'ai revu l'ami, le compagnon des jeux de mon enfance ; celui que ma pauvre mère appelait son fils bien aimé; malgré mes conseils et mes prières, il persiste chaque soir à accompagner ces jeunes fous de seigneurs de la Cour, dans leurs promenades nocturnes ; et je tremble sans cesse qu'il ne lui arrive quelque fâcheuse rencontre avec les soldats du

* Les acteurs sont placés en tête de chaque scène comme ils doivent l'être sur le Théâtre ; le premier inscrit tient toujours la gauche du spectateur.

Guet. L'imprudent ! si jamais il pouvait se douter que, sous les apparences d'une amitié de sœur, je cache pour lui, au fond de mon âme, une passion qui menace chaque jour de me rendre folle ; oh ! j'en suis sûre il regretterait amèrement d'avoir si souvent exposé une existence sans laquelle désormais je ne pourrais plus vivre !... (*entendant du bruit, après avoir écouté*) Mais, voici quelqu'un : (*avec joie*) quel bonheur, si c'était lui !.. (*elle se lève et se dirige vers la porte du fond , puis remontant la scène avec tristesse*) non , je me suis trompée, c'est mon père qui revient de chez la reine, (*elle se remet à travailler à son métier*).

SCÈNE II.

MARIE, DURAND, UN COMMIS.

DURAND, *entrant, au fond, à son commis qui est resté sur le seuil de la porte.*

Surtout, n'oubliez pas que dans une heure vous devez être rendu à l'hôtel Soissons ; vous monterez par l'escalier dérobé, qui conduit aux petits appartements; et Léona vous introduira chez la reine, (*le commis s'incline et sort ; à Marie, qui a quitté son ouvrage pour venir au-devant de son père*) bonjour, mon enfant, *il l'embrasse au front, se ravisant*), ah ! j'oubliais, (*allant à la porte du fond, à la cantonade*) encore un mot; allez de ce pas commander un écusson doré aux armes de France et de Navarre. (*remontant la scène, à Marie*). Car, tu ne sais pas, Marie, je viens d'être nommé fournisseur breveté de la Cour.

MARIE.

La reine n'a fait en cela, que récompenser votre dévouement à sa personne.

DURAND.

Sans doute, mais comme tu n'es pas tout-à-fait étrangère à cette nouvelle faveur, laisse-moi t'embrasser une seconde fois.

MARIE, *s'approchant de son père.*

Bien volontiers, (*il l'embrasse*) mais en vérité, je ne comprends pas....

DURAND, *l'interrompant.*

Que la reine s'occupe de toi ?

MARIE.

En effet.... une telle faveur....

DURAND.

Enfant, tu ne sais donc pas que ta beauté est devenue proverbiale, dans Paris ; et que, lorsqu'on veut vanter les charmes d'une femme, on ne dit plus maintenant que : belle comme Marie Durand, (*Marie baisse les yeux*). Les jeunes seigneurs qui entourent la reine Catherine , l'entretiennent sans cesse de toi ; et elle désire s'assurer par elle-même si l'éloge qu'ils font de ta beauté n'est pas exagéré ; et puis, tu reçois chaque jour son jeune protégé, le comte d'Entraigue....

MARIE.

Nés tous deux orphelins, Arthur et moi n'avons-nous pas été élevés ensemble ?

DURAND.

Sans doute , mais tu n'as jamais songé, Marie, qu'un jour viendrait peut-être où l'amitié toute fraternelle qui vous unit maintenant pourrait devenir dangereuse pour le repos de ta vie ; car tu n'ignores pas que les préjugés de la noblesse ont mis trop de distance entre toi, la fille adoptive du simple marchand et Arthur, l'héritier des puissants comtes d'Entraigue, pour que jamais tu puisses songer à devenir sa femme; et c'est pour éviter que tu ne sois malheureuse par ta faute, que la reine et moi nous avons résolu de te marier.

MARIE, *vivement.*

Me marier ?... quand toute mon affection est partagée entre vous, mon père, et celui que vous m'avez permis de nommer mon frère ! Contente du présent, je suis peu soucieuse de l'avenir, car mon cœur ne désire rien de plus.

DURAND.

Il faut cependant te décider à prendre un mari, celui que je te destine va venir ; il est riche, considéré, et je suis sûr d'avance qu'il te rendra heureuse !.. mais j'entends sa voix, (*allant à la porte du fond*) le voici... va, ma bonne Marie, retire-toi dans ton appartement ; plus tard, j'irai t'y rejoindre.

MARIE, *tristement.*

Je vous obéis, mon père, (*à part*) mon Dieu ! faites que je puisse toujours l'aimer ! (*elle entre à gauche*).

SCÈNE III.

DURAND, RICARDO, UN DOMESTIQUE.

LE DOMESTIQUE, *à Ricardo montrant Durand.*

Tenez, le voilà !

RICARDO, *au domestique.*

C'est bien, (*le domestique sort au fond et referme la porte sur lui*).

DURAND.

Vous êtes exact, mon cher Ricardo.

RICARDO.

Votre invitation était pressante ; je venais de porter à la reine une riche parure, qu'elle m'avait fait demander, quand on m'a remis votre billet ; et vous voyez que je ne me suis pas fait longtemps attendre.

DURAND, *présentant un fauteuil à Ricardo.*

Je vous en remercie ; mais veuillez vous asseoir et me prêter toute votre attention ; (*ils s'assoient tous deux*) car j'ai à vous entretenir d'une affaire d'où va dépendre peut-être le bonheur de toute votre vie.

RICARDO, *étonné.*

Que voulez-vous dire ? parlez, je vous écoute ?...

DURAND.

Je n'ai jamais oublié le service signalé que vous me rendîtes, il y a dix ans, au moment où une banqueroute frauduleuse menaçait ma maison d'une ruine complète ; alors, sans autre garantie que ma parole d'homme d'honneur, vous n'hésitâtes pas un seul instant à engager une partie de votre fortune, pour soutenir la mienne prête à s'écrouler. Depuis, j'ai bien pu vous rembourser les sommes que vous m'aviez si généreusement prêtées ; mais il est une dette sacrée, dont je ne me suis pas encore acquitté envers vous : je sais que vous aimez ma fille ; je désire la marier le plus promptement possible ; et si vos intentions ne sont pas changées à son égard, je consens à vous donner sa main.

RICARDO, *avec transport.*

Il serait vrai....

DURAND.

Vous voyez que je n'hésite pas plus à combler tous vos vœux, que vous ne le fîtes vous-même, quand il s'agissait de sauver mon honneur, ma fortune et peut-être ma vie, car le désespoir est une arme terrible qui donne souvent la mort à celui qui la touche.

RICARDO.

Je ne puis revenir de ma surprise. Eh quoi ! mon cher Durand, vous consentiriez à me donner la main de votre fille ? En vérité, je ne méritais pas un tel bonheur ; car enfin ce que j'ai fait pour vous, je l'eusse fait pour tout autre à votre place. Mais croyez-vous que la belle Marie ne s'opposera pas à ce mariage ? Et ne vous est-il jamais venu à la pensée qu'elle pouvait aimer secrètement le jeune seigneur qu'elle appelle son frère ?

DURAND.

Ma fille n'a jamais eu d'autres volontés que les miennes, et j'espère que,
dans cette circonstance, elle n'agira pas
autrement qu'elle ne l'a toujours fait.
Quant au comte d'Entraigue, élevé avec
Marie, il a toujours eu pour elle une
amitié de frère et rien de plus. Cependant, comme plus tard cette liaison
toute naturelle aujourd'hui, pourrait
devenir dangereuse pour le repos de
tous deux, je crois comme vous qu'il
est urgent de prévenir un malheur, que
leur inexpérience pourrait rendre de
plus en plus difficile à éviter. D'ailleurs,
la reine désire ce mariage, et cette raison suffirait pour me décider, si la reconnaissance ne m'en fesait pas un
devoir....

UN COMMIS, *entrant.*

Une pratique qui désire être servie
par vous, vous attend à la boutique.

DURAND, *au commis.*

C'est bien, dites-lui que je m'y rends
à l'instant, (*le commis sort au fond, à
Ricardo*), pardon, mon cher Ricardo,
veuillez je vous prie m'excuser; dans
un instant, j'irai rejoindre ma fille,
pour tâcher de la décider à vous accor-
der une entrevue; à bientôt, (*il sort au
fond*).

SCÈNE IV.

RICARDO,

RICARDO, *seul s'asseyant sur un fauteuil.*

Je serai l'époux de Marie... cet ange
de beauté va donc enfin m'appartenir;
et cependant, plus le moment de mon
bonheur approche, et plus j'éprouve
de remords ! Quelle étrange destinée
que la mienne ! tour-à-tour honnête
homme et assassin, assassin et honnête
homme; j'ai pu jusqu'à ce jour cacher
à tous les yeux la tache de sang que le
crime a imprimé sur mon front... Riche et considéré de tous, tout le monde
me croit heureux, jusqu'à ce bon M.

Durand qui, enchaîné par la reconnaissance n'a pas cru pouvoir me refuser la
main de sa fille adoptive, à moi, l'assassin, le meurtrier de son ami ! et
bientôt, quel que soit l'avenir que le
ciel me réserve encore, un lien, que
nulle puissance humaine ne saurait
rompre, va unir ma misérable destinée
à celle d'une femme, modèle d'innocence et de vertu ! je ne serai donc plus
seul au monde pour supporter tout le
poids de mes remords; punition affreuse qui suit le meurtrier jusqu'au tombeau ! et quand l'ombre du malheureux
que j'ai lâchement assassiné, se dres-
sera menaçante devant moi, j'aurai du
moins à mes côtés un ange pour me
rassurer, et chasser ces terribles visions
qui changent mes nuits en supplices éter-
nels !... (*voyant la porte du fond s'ouvrir*)
On vient !.. si c'était...

SCÈNE V.

RICARDO, MARCEL.

MARCEL, *entrant avec mystère.*

Etes-vous seul ?

RICARDO, *vivement.*

Imprudent ! que viens-tu faire ici.

MARCEL.

Il y a plus d'une heure que je suis sur
vos traces !...

RICARDO.

Ne sais-tu pas que tout serait perdu,
si jamais le comte d'Entraigue venait à
nous trouver ensemble ?

MARCEL.

Ne craignez rien, il n'y a aucun danger qu'il nous surprenne aujourd'hui;
car la reine l'a envoyé au camp, où il
doit rester jusqu'à ce qu'elle le rappelle
à Paris.

RICARDO.

Alors hâte-toi de m'instruire du motif de ta visite ! car on pourrait venir !..

MARCEL., *après être allé écouter si personne ne peut l'entendre.*

(*Bas*) Vous souvenez-vous du voyage que vous fîtes, il y a quatre ans à Florence, pour arriver à la découverte du secret de la naissance de Marie ?

RICARDO, *avec inquiétude.*

Plus bas, plus bas, on pourrait nous entendre !...

MARCEL, *continuant.*

Ma mauvaise étoile me fit vous rencontrer ; et comme j'avais été autrefois au service de Gervais, l'ancien intendant du comte d'Entraigue, vous apprîtes par moi que Marie, la fille adoptive de Durand, était la seule et légitime héritière du comte ; et que la comtesse, prévoyant sans doute en mourant le sort qui était réservé à sa fille qu'elle laissait orpheline dès le berceau, avait écrit à sa mort une lettre qui devait servir à faire rentrer Marie dans tous ses droits, si l'on venait à l'en déposséder. Seul, je pouvais vous aider à vous rendre maître de cette précieuse lettre ; aussi, ne négligeâtes-vous aucun moyen pour étouffer mes scrupules ; (*avec intention*) et ce fut avec de l'or, beaucoup d'or, que vous parvîntes à endormir ma conscience. Puis, un jour que Gervais allait quitter Florence....

RICARDO, *l'interrompant vivement.*

Malheureux ! n'achève pas ! tu fus pour moi un démon tentateur ! Et après m'avoir poussé à commettre un crime inutile... tu m'abandonnas lâchement.

MARCEL.

Que nous restait-il à faire, après nous être assurés que Gervais n'avait pas sur lui la lettre que nous cherchions ? Bien convaincu que, si jamais j'étais assez fou pour rentrer à Florence, j'y serais pendu sans rémission, je me hâtai de chercher un refuge en France.

RICARDO.

Avec l'or que je t'avais donné pour ta lâche trahison... mais enfin, tout cela

ne me dit pas encore ce qui t'amène près de moi ?

MARCEL.

Vous allez le savoir... Le hasard, qui fit, il y a vingt ans, d'un bâtard obscur, l'un des plus puissants seigneurs de la Cour de France, peut bien encore, si vous le voulez, faire rentrer ce même bâtard dans l'obscurité, d'où il n'aurait jamais dû sortir, et rendre à Marie un nom et une fortune qui lui appartiennent légitimement.

RICARDO, *vivement.*

Explique-toi, aurais-tu enfin découvert ?...

MARCEL.

Je n'ai plus que deux mots à vous dire... Après demain, dès que la douzième heure du jour sonnera, trouvez-vous sur le parvis Notre-Dame avec dix mille écus parisis. Moi, je vous y attendrai avec la plus belle dot que jamais orpheline sans nom ait apporté en mariage, y serez-vous ?

RICARDO.

J'y serai.

MARCEL.

Bien, maintenant, je vous quitte, car on pourrait nous surprendre... mais surtout, n'oubliez pas les dix mille écus parisis.

RICARDO.

Sois tranquille, il n'y manquera pas un denier. (*Marcel sort au fond*).

SCÈNE VI.
RICARDO.

RICARDO, *seul voyant sortir Marcel.*

L'assurance de cet homme me confond ; il faut, en vérité, qu'il ait perdu la raison, ou que Dieu ait envie de faire un dernier miracle en ma faveur ; (*entendant du bruit*) mais j'entends la voix de Durand ; il était temps qu'il partît ; quel bonheur qu'il ne nous ait pas surpris ensemble !

SCÈNE VII.

RICARDO, DURAND et GERVAIS, *à la cantonnade.*

DURAND, *à Gervais.*

Veuillez m'attendre ici quelques instants (*il sort au fond*).

GERVAIS, *entrant, apercevant Ricardo.*

Ciel ! Ricardo !...

RICARDO, *très-vivement, à part.*

Enfer, c'est encore lui !

GERVAIS, *de même.*

Qu'elle audace !..

RICARDO, *faisant mine de vouloir sortir.*

Oh ! mon Dieu ! délivrez-moi de ce spectre sanglant qui s'acharne sans cesse après moi.

GERVAIS, *allant se placer entre la porte et lui.*

Misérable ! et c'est dans la maison d'un ancien ami que je devais te retrouver ?...

RICARDO, *considérant Gervais.*

Et quoi ! ce n'est point un fantôme, qui est devant mes yeux ? (*détournant les yeux*) Oh ! mais non, c'est impossible, j'ai mal vu.

GERVAIS.

Regarde-moi bien, je suis Gervais l'honnête homme, comme tu es Ricardo l'assassin.

RICARDO, *avec désespoir.*

Souvenir affreux ! oui, c'est bien la même voix qui implorait ma pitié...

GERVAIS.

Et pour toute réponse, tu eus la barbarie de retourner le poignard dans la plaie de ta victime pour t'assurer qu'elle était bien profonde, n'est-ce pas ?..

RICARDO, *joignant les mains.*

Oh ! de grâce ! montrez-moi la blessure que je vous fis au cœur, et je croirai en Dieu qui n'a pas voulu que mon crime s'accomplisse ! dites-moi que c'est bien vous que j'abandonnai mourant sur la route de Florence, et ma vie ne sera pas assez longue pour demander au ciel le pardon de mon crime.

GERVAIS.

Malheureux !... et après un tel forfait Dieu ne t'a pas frappé de sa foudre ?

RICARDO.

Il m'a laissé la vie pour me donner le temps de détester mon crime.

GERVAIS.

Si tes paroles sont sincères, je puis encore te pardonner, à la condition que tu ne reparaîtras jamais devant moi, et que tu ne feras plus aucune démarche pour obtenir la main de Marie.

RICARDO, *vivement.*

Je vous le jure...

GERVAIS.

C'est bien ! je compte sur ton serment.

RICARDO, *sortant.*

Et vous n'y aurez pas compté en vain (*il sort*).

SCÈNE VIII.

GERVAIS.

GERVAIS, *seul.*

La présence de cet homme me faisait mal... Enfin, le voilà parti !... mon Dieu ! quel bonheur que rien n'ait retardé mon arrivée à Paris !... un jour plus tard, et la noble fille du comte d'Entraigue serait devenue la femme d'un misérable assassin. Oh ! mais à présent, je ne la quitterai plus, je veillerai sur elle, et je saurai bien détourner l'orage qui grondait sur sa tête ! voici Durand..... comment lui apprendre ?...

SCÈNE IX.

GERVAIS, DURAND.

DURAND, *entrant.*

Pardon, mon cher Gervais, si je vous ai fait attendre si longtemps. *(regardant autour de lui)* Et mais où est donc Ricardo ?...

GERVAIS.

Il est parti, *(avec intention)* et puisse-t-il ne jamais revenir.

DURAND, *étonné.*

Que voulez-vous dire ?..

GERVAIS, *continuant.*

Car s'il reparaissait jamais dans cette maison, ce ne serait que pour y semer le deuil et la désolation.

DURAND.

Mon Dieu ! expliquez-vous, car je ne vous comprends pas !...

GERVAIS.

Et bien ! apprenez que l'homme qui sort à l'instant d'ici a tenté de m'arracher la vie, il y a quatre ans, pour m'enlever un secret que fort heureusement j'avais eu soin de mettre en lieu de sûreté.

DURAND, *vivement.*

Malheureux ! et j'allais donner ma fille à ce misérable ?...

GERVAIS.

Le ciel est juste ; il a sauvé Marie... Marie ! oh ! ce nom me rappelle de bien tristes souvenirs ! écoutez, M. Durand ! j'avais juré, au lit de mort du père de Marie, de ne jamais révéler à sa fille le secret de sa naissance ; et pour éloigner tout soupçon, j'avais même promis de ne plus rentrer en France ; j'aurais tenu fidèlement ce serment, si je n'avais appris que vous alliez marier votre fille adoptive. Alors un vague pressentiment me fit craindre que le même homme qui avait tenté de m'arracher avec la vie le secret de la naissance de Marie, ne tentât aussi de devenir son époux ; et vous voyez que mes pressentiments ne me trompaient pas.

DURAND, *à part.*

Pauvre Marie ! quelle affreuse destinée j'allais lui préparer ?...

GERVAIS, *continuant.*

Plus tard, je l'espère, il me sera permis de rendre à votre fille un nom et une fortune qu'elle n'aurait jamais dû perdre, et de me joindre à vous pour assurer son bonheur ; mais, en attendant que mon vœu le plus cher puisse s'accomplir sans danger, continuez à veiller avec sollicitude sur le dépôt précieux que Dieu vous a confié. Hâtez-vous de lui annoncer que le mariage qui devait avoir lieu, ne se fera pas ; moi, je vous quitte pour me rendre auprès du fils de mon noble maître !

DURAND.

Et moi, je cours me jeter aux pieds de la reine, je lui dirai que ma fille n'a pu vaincre l'éloignement qu'elle a pour son joaillier, et que ce mariage ferait leur malheur à tous deux ; elle est bonne, et je suis sûr d'avance qu'elle consentira à le rompre, mais vous, ne perdez pas une minute. *(ils sortent tous deux au fond).*

SCÈNE X.

MARIE.

MARIE, *seule, ouvrant avec précaution la porte de sa chambre.*

Enfin, les voilà partis ; je suis encore toute tremblante ! que vient-il donc de se passer ici ? j'ai cru entendre la voix de mon père, il parlait plus haut qu'à l'ordinaire ; mon Dieu, serait-ce encore pour cet horrible mariage, dont l'idée seule me fait mourir ?... moi, devenir la femme de Ricardo ; mais je ne l'aime pas, cet homme ! je ne l'aimerai jamais !... oh ! pourquoi mon frère ne vient-il pas à mon secours ? il double-

2

rait mon courage, et sa vue me rendrait l'espérance prête à m'échapper. Seule, je n'oserais jamais résister aux volontés de mon père. (*écoutant*) Mais je ne me trompe pas ,... ce bruit.... ces pas.... c'est bien lui cette fois ! oh ! que je suis heureuse ! le voici ! (*elle se dirige vers la porte du fond.*)

SCÈNE XI.

MARIE , ARTHUR.

MARIE, *allant se jeter au cou d'Arthur.*

Ah ! enfin ! (*elle l'embrasse avec tendresse.*)

ARTHUR , *l'embrassant.*

Chère Marie ! combien j'avais hâte de te revoir ? oh ! laisse-moi t'embrasser encore , mais qu'as-tu donc ? comme te voilà émue, on dirait que tu trembles ?

MARIE , *d'un ton de reproche.*

Je devrais peut-être vous détester.

ARTHUR, *étonné.*

Me détester ?

MARIE.

Vous haïr ! me laisser si longtemps seule !...

ARTHUR.

Je n'étais pas libre...

MARIE.

Mais rassure-toi, Arthur, je te revois et je ne sais plus que t'aimer (*elle l'embrasse.*)

ARTHUR , *de même.*

Chère Marie, que tu es bonne !

MARIE, *avec un petit air boudeur.*

Trop peut-être ; mais à présent que vous avez obtenu votre pardon, méchant, puis-je savoir d'où vous venez ?...

ARTHUR.

Du camp du Roi, ou je serais encore, si le hasard ne m'avait pas fait décou-

vrir en route le projet qu'on avait formé de te marier en mon absence.

MARIE , *vivement.*

Tu savais donc ?...

ARTHUR.

Un ancien ami de mon père, dont j'avais quelquefois entendu parler dans mon enfance, m'a annoncé cette triste nouvelle , au moment où je venais de remettre au Roi les dépêches dont la reine m'avait chargé. Et tu vois, Marie, que je n'ai pas perdu un seul instant pour venir m'opposer à ce mariage, la reine m'a souvent parlé de son joailier Ricardo, comme devant être un jour ton époux ; c'est sans doute lui qu'on devait te faire épouser ?

MARIE.

Lui-même !...

ARTHUR.

Et tu as refusé ?...

MARIE.

Je n'avais pas besoin pour cela de t'avoir près de moi ; mais mon père insiste ; et comme un désir de la reine est un ordre pour lui, il ne m'a donné que deux jours pour me décider ; ce délai expiré, il ne me sera plus permis d'hésiter.

ARTHUR.

Et quelle sera ta résolution ?

MARIE.

Tu la connais d'avance.

ARTHUR.

Tu refuseras ?...

MARIE.

Maintenant, que tu es auprès de moi, je ne crains plus de manquer de courage ; cependant, Dieu sait s'il m'en coûte pour résister aux volontés de mon père !...

ARTHUR, *prenant la main de Marie.*

Tu m'aimes donc bien , Marie.

MARIE.

Oh ! oui ! plus que la vie , en douterais-tu ?

ARTHUR.

Oh ! non ! car je suis convaincu que tu es aussi bonne que belle.

MARIE.

Oh ! je veux que mon cœur te fasse oublier cette beauté qui dure si peu, et à laquelle on attache tant de prix sur la terre.

ARTHUR.

Chère Marie: et l'on voudrait t'arracher de mes bras, nous séparer violemment, quand nous avons dormi dans le même berceau ? quand le même lait nous a nourris tous deux ? mais ce serait nous donner la mort ! et je jure, par l'épée de mon père, que ce projet ne s'accomplira pas. (entre Marcel).

LES MÊMES, MARCEL.

MARCEL.

M. le comte, voici une lettre qu'un serviteur de la reine vient d'apporter pour vous; il m'a dit qu'elle était très-pressée, et que je devais vous la remettre de suite.

ARTHUR, prenant la lettre.

C'est bien ; si l'on me demande à l'hôtel, tu diras que je ne rentrerai pas de la journée. (Marcel fait mine de sortir et se cache derrière une tenture.)

ARTHUR, après avoir décacheté la lettre.

Voilà bien les armes de la reine ! on l'aura sans doute instruite de mon retour précipité , et elle veut en connaître la cause (il lit) : « M. le comte, quand je vous ai fait l'honneur de vous choisir pour être mon intermédiaire auprès du Roi, mon époux, j'avais la confiance que , fier d'une pareille distinction, vous ne seriez préoccupé d'aucune autre pensée pendant tout le temps que durerait votre mission , veuillez donc vous rendre sans délai auprès de ma personne royale, afin de justifier, s'il est possible , votre brusque retour à Paris. »

Signé: LA REINE. »

MARIE, avec intérêt.

Imprudent ! tu n'avais donc pas encore songé à aller lui rendre compte de ton message ?

ARTHUR.

En apprenant qu'on ne m'avait éloigné de Paris que dans le but de diminuer les obstacles qui s'opposaient à ton mariage avec Ricardo , j'ai tout oublié pour toi , et aucune considération n'aurait pu m'empêcher de voler à ton secours... mais écoute, Marie! il est temps que je te révèle un secret.

MARIE, vivement.

Un secret !...

ARTHUR.

Oui, Marie , un secret qui serait mort dans mon cœur, si l'on n'avait pas tenté de nous séparer.

MARIE, vivement, avec anxiété.

Explique-toi.

ARTHUR.

La Reine Catherine...

MARIE.

Eh ! bien !...

ARTHUR, après avoir regardé autour de lui pour s'assurer que personne ne peut l'entendre.

Elle m'aime !....

MARIE, au comble de l'étonnement.

Elle ! la Reine ?...

ARTHUR.

Long-temps j'ai cherché à me faire illusion sur ses véritables sentiments; mais à présent, il ne m'est plus permis d'en douter, elle m'aime, et la passion qu'elle a conçue pour moi est d'autant plus violente et dangereuse , que mes efforts pour m'y soustraire ont été persévérants jusqu'à ce jour.

MARIE, *tristement, à part.*

Suis-je assez malheureuse ?

ARTHUR, *continuant.*

Comprends-tu maintenant la cause de ces commandes multipliées, dont la reine accable ton père depuis quelque temps ? et cette faveur toujours croissante de ce damné d'italien Ricardo, dont on n'a jamais pu connaître la véritable origine ? comprends-tu aussi mon brusque départ pour l'armée, avec défense expresse de revenir à Paris, sans un ordre formel signé de sa main ?

MARIE, *avec anxiété.*

Mais, que va-t-elle dire, quand elle connaîtra le motif de ta désobéissance ? elle sera sans pitié pour toi, et t'exilera de nouveau ; oh ! mais, cette fois, je te suivrai dans l'exil ; car, vois-tu ? maintenant, je ne comprends plus la vie qu'avec toi, il faut que je te voie près de moi, que j'entende sans cesse le bruit de tes pas, le son de ta voix, pour croire que le bonheur existe sur la terre.

ARTHUR.

Eh bien ! chère Marie ! si tu m'aimes assez pour consentir à me suivre ? si tu ne veux pas te voir livrée sans défense à un homme qui ferait le malheur de ta vie, il faut te préparer à quitter ton père ; le pays qui t'a vue naître ; la maison où tu as passé les plus belles années de ta vie ; car demain, le soleil ne doit plus se lever que pour éclairer notre fuite...

MARIE.

J'aurai le courage de te suivre, et s'il le faut, pour te prouver mon amour, j'abandonnerai tout, je braverai la colère de mon père !... Mais avant de le quitter, peut-être pour toujours, je veux l'embrasser une dernière fois ; j'ai cru si longtemps que je l'aimais autant que toi. Après mon frère bien aimé, Marie Durand n'aura plus d'autres volontés que les tiennes.

ARTHUR, *avec exaltation.*

Oh ! qui ne donnerait volontiers tous les biens de la terre pour être aimé ainsi ? un amour comme le tien, Marie, n'est-il pas mille fois préférable à une couronne de roi ? et maintenant que je suis aimé, que j'ai trouvé le bonheur ; qu'ai-je besoin de tous ces vains titres, de tous ces honneurs éphémères qui n'ont souvent pas de lendemain ? Allons chercher en Italie, ma belle patrie, une solitude éloignée où la vengeance de la reine Catherine ne puisse nous atteindre.

MARIE.

Oui, Arthur, mon bien aimé, désormais mon seul maître, partons pour l'Italie ! c'est là seulement que nous pourrons goûter le bonheur de nous aimer, sans craindre d'être séparés.

ARTHUR, *après être allé regarder à la croisée.*

Demain, dès que la dernière heure du couvre-feu aura sonné au beffroi de Notre-Dame, tu ouvriras sans bruit cette croisée, tu y trouveras une échelle de cordes qui te conduira dans la rue. Des gens apostés au loin veilleront à ce que personne ne puisse nous surprendre ; et une fois dans mes bras, la mort seule pourrait nous séparer. Maintenant, retourne auprès de ton père ; moi, je vais tout préparer pour assurer le succès de notre fuite ; au revoir : ma bien aimée ! puisse le ciel me pardonner une faute, qu'aucune puissance au monde ne saurait m'empêcher d'accomplir : à bientôt ! (*il l'embrasse.*)

MARIE.

Moi, je vais prier Dieu, pour qu'aucun obstacle ne s'oppose à notre fuite. A ce soir.

ARTHUR, *lui baisant la main.*

A ce soir ? (*Marie rentre chez elle, Arthur sort au fond.*)

SCÈNE XIII.

MARCEL.

MARCEL, *seul, sortant de derrière la tenture.*

J'ai cru un moment qu'ils n'allaient plus pouvoir se quitter! comme ils étaient beaux , que d'amour il y avait dans leur regard, quand ils se sont dit adieu ! En vérité, je crois que je me serais trahi, si celui qui a pris soin d'acheter ma conscience ne l'avait pas achetée toute entière ! Uni à Ricardo par un pacte infernal , sa mort seule pourrait me délier de mon serment, et mieux vaut encore avoir les mains pleines d'or que de sang : car le sang laisse des traces et l'or n'en laisse pas ; mais à présent que j'ai surpris le secret de leur fuite, courons bien vite prévenir Ricardo qu'il n'a plus un moment à perdre, s'il ne veut pas que Marie lui échappe. Puis, je m'attacherai aux pas de Gervais , et j'aurai son secret ou le diable se mettra de la partie. (*sortant*) Maintenant, que ma destinée s'accomplisse ! (*il sort au fond.*)

Le Rideau tombe.

FIN DU PREMIER ACTE.

ACTE SECOND.

Le Théâtre représente la salle de réception de Catherine de Médicis ; à droite du Théâtre , une porte masquée par une draperie communiquant à une salle d'attente ; à gauche, entrée qui donne dans une galerie ; croisées au fond , meubles du temps.

SCÈNE PREMIÈRE.

LÉONA , DURAND , (*un paquet d'étoffes sous le bras, debout sur la porte de droite*).

LÉONA, *debout à la gauche du Théâtre, la main posée sur le bouton de la porte.*

Depuis le jour où ma maîtresse me dit en fondant en larmes : « Léona ; il importe à mon bonheur et à ma tranquilité dans ce monde, que le fruit d'une première faute disparaisse pour jamais à tous les yeux ; » depuis ce jour , jamais je ne l'avais vue si accablée qu'aujourd'hui. On dirait à la voir si triste , si mélancolique , qu'un pressentiment sinistre lui annonce l'approche de quelque nouveau malheur.

DURAND, *s'approchant de Léona.*

Pardon ! Léona , je venais !...

LÉONA, *étonnée.*

Et quoi ! vous étiez là , maître Durand ; je ne vous avais pas entendu.

DURAND, *un paquet d'étoffes sous le bras.*

Je le crois bien ! depuis une heure que vous rêvez tout haut comme le ferait une sainte en communication avec le ciel , il aurait bien pu entrer ici un régiment des gardes que vous ne vous en seriez pas aperçue, mais voici les étoffes que sa majesté la reine m'a fait demander. Veuillez savoir d'elle si c'est son bon plaisir que je les lui montre aujourd'hui , ou si je dois revenir demain.

LÉONA.

Non , restez : elle m'a dit qu'elle vous attendait ; je vais lui annoncer votre arrivée. (*elle sort au fond.*)

SCÈNE II.

DURAND.

DURAND, *seul.*

Pourvu que ces étoffes ne soient pas aujourd'hui comme toujours un prétexte pour m'entretenir de ce fatal mariage qui , plus que jamais , est devenu impossible depuis l'horrible découverte que j'ai faite hier. Encore si je pouvais lui avouer le motif qui me porte à refuser ses offres et à rompre avec Ricardo ? mais Gervais m'a fait jurer de ne jamais lui révéler le secret que le hasard a fait tomber en mon pouvoir ; et quoiqu'il arrive, je tiendrai mon serment ! C'est elle ! oh ! mon Dieu ! donnez-moi le courage de lui résister.

SCÈNE III.

DURAND, LA REINE.

DURAND, *apercevant la Reine.*

Madame , voici les étoffes....

LA REINE.

C'est bien , maître Durand , laissez-les toutes ici , demain je vous renverrai celles que je n'aurai pas choisies. Mais aujourd'hui , parlons de votre fille : c'est pour achever de régler les préparatifs de son mariage avec Ricardo que je vous ai fait appeler. Mais avant, comme je tiens à vous donner une preuve de ma bienveillance et de l'intérêt que je porte à cette union , je vous nomme prévôt des marchands. (*lui présentant un parchemin,*) en voici le brevet... (*Durand garde le silence*), Eh bien ! une pareille faveur ne vous comble pas de joie, messire Durand ?... vous ne tombez pas aux genoux de votre reine pour la remercier de ce qu'elle daigne faire aujourd'hui pour vous ?

DURAND.

Je ne méritais pas une telle faveur, madame ; car c'est la mort dans l'âme que je viens supplier votre majesté de me pardonner un refus que j'aurais voulu pouvoir éviter au prix de tout mon sang.

LA REINE, *étonnée.*

L'ai-je bien entendu ? eh quoi ! c'est vous, maître Durand ? qui osez me tenir un pareil langage ? vous que j'ai comblé de bienfaits ? mais avez-vous

donc oublié que l'on n'outrage pas impunément une reine, et que si je voulais , d'un mot , je pourrais changer ce brevet qui devrait satisfaire tous vos rêves d'ambition , en une lettre de cachet pour aller finir vos jours au Chatelet ?... Et quel est le puissant motif qui a pu vous faire oublier tout le respect que vous devez aux volontés de votre souveraine ?

DURAND.

Tout indigne que je suis de remplir un emploi aussi élevé que celui de prévôt de Paris , j'aurais accepté avec joie et reconnaissance cette faveur inespérée, si ma fille ne m'avait supplié, les larmes aux yeux, de ne pas faire le malheur de toute sa vie, en la forçant d'épouser un homme qu'elle dit ne pouvoir aimer, elle préfère entrer au couvent...

LA REINE, *avec humeur.*

Caprices de jeune fille que tout cela ! écoutez, maître Durand : je veux bien, par égard pour vos services, consentir à ajourner ce mariage qui ne saurait être rompu ; je vous donne donc huit jours pour vous décider ; d'ici là , vous aurez tout le temps de faire de salutaires réflexions. Maintenant, retirez-vous (*Durand sort.*)

SCENE IV.

LA REINE.

LA REINE, *seule.*

Je ne puis cependant pas rompre ce mariage ; n'ai-je pas promis à Ricardo que Marie serait sa femme ? et puis il importe à mon repos qu'un obstacle insurmontable la sépare au plutôt de celui qu'elle appelle son frère. Mais alors, comment faire pour vaincre la répugnance de cet enfant ? si elle résiste jusqu'au bout ; quel moyen employer pour la contraindre ? Et le comte d'Entraigue qui ne s'est pas encore présenté devant moi, malgré l'ordre formel que je lui ai envoyé hier ! je ne serais donc destinée toute ma vie qu'à faire des ingrats ? car lui aussi, que j'aime à l'égal d'un fils, que j'ai comblé de faveurs ; ne craint pas de braver ma colère...Oh ! il se trame quelque chose dans l'ombre !...

SCÈNE V.

LÉONA, LA REINE, RICARDO.

LÉONA, *entrant.*

Madame, c'est Ricardo !

LA REINE, *vivement.*

Qu'il vienne ! (*Léona va à la porte de droite, Ricardo entre.*) Ah ! c'est vous, Ricardo, je vous attendais avec impatience.

RICARDO.

Et moi j'avais hâte de vous revoir.

LA REINE, *très-vivement.*

Eh bien ! qu'avez-vous à m'apprendre ? Marie a-t-elle enfin consenti à vous recevoir ?

RICARDO.

Non, madame ! rien n'a pu vaincre sa résistance, mais ce n'est pas là ce qui m'inquiète le plus.

LA REINE, *avec anxiété.*

Qu'est-ce donc, alors ?

RICARDO, *continuant.*

J'ai une bien plus fâcheuse nouvelle à vous annoncer....

LA REINE, *vivement.*

Que voulez-vous dire ?

RICARDO.

Gervais, l'ancien intendant du comte d'Entraigue !

LA REINE, *vivement.*

Eh bien ?...

RICARDO.

Il n'est pas mort, comme le bruit en avait couru, il y a quatre ans.

LA REINE.

Vous m'aviez cependant bien assurée qu'il n'existait plus.

RICARDO.

Je le croyais comme vous, madame ; mais ce qu'il y a de certain, c'est que je l'ai revu hier chez Durand, où je l'ai pris pour une apparition, tant j'étais convaincu qu'il avait cessé de vivre.

LA REINE.

Et savez-vous le motif qui le ramène à Paris après une si longue absence ?

RICARDO.

Il prétend être seul dépositaire du secret de la naissance de Marie, et seul aussi avoir le droit de disposer de sa main !...

LA REINE.

C'est ce que nous saurons bien empêcher, mais pour cela, ne perdons pas une minute. (*elle écrit une lettre*).

SCÈNE VI.

LES MÊMES, GERVAIS.

GERVAIS, *entrant à gauche, apercevant Ricardo, à part.*

Ricardo ! je retrouverai donc cet homme partout. Oh ! n'oublions pas qu'à tout prix je dois sauver la fille du comte d'Entraigue.

LA REINE, *après avoir cacheté sa lettre, à Ricardo.*

Tenez, voici une lettre pour Gervais, faites en sorte qu'elle lui parvienne le plus promptement possible.

GERVAIS.

C'est inutile !...

RICARDO, *apercevant Gervais.*

Gervais !....

GERVAIS, *lui arrachant la lettre des mains.*

Donnez ! (*il fait signe à Ricardo de sortir.*)

LA REINE, *étonnée.*

Vous ne pouviez venir plus à propos, Gervais.

GERVAIS.

Alors , je me réjouis d'avoir su prévenir les désirs de votre Majesté.

RICARDO, *sortant, à part.*

Allons rejoindre Marcel.

SCÈNE VII.

LA REINE , GERVAIS.

LA REINE.

Heureux soit le jour qui vous ramène près de notre personne royale, Gervais! car je n'espérais plus vous revoir en ce monde ! vous venez sans doute, aprèsvingt ans d'absence, m'entretenir des derniers moments de votre noble maître, le comte d'Entraigue, de glorieuse mémoire ? S'est-il souvenu de la princesse Catherine, au moment où les portes de l'éternité allaient s'ouvrir pour lui ?

GERVAIS.

La jeune Catherine de Médicis, la bien-aimée de mon maître, fiancée au Dauphin de France, éblouie sans doute par le prestige qui l'environnait dans ce monde, oublia qu'elle perdait son âme dans l'autre en sacrifiant le fruit d'une première faute.

LA REINE.

Ce fut pour moi un jour de deuil et de désolation, que celui où, forcée de céder devant une impérieuse nécessité, je dus me séparer pour toujours d'un fils que j'adorais ! nécessité affreuse ! qui devait fermer mon cœur à toutes les joies de ce monde ; et ne me faire monter sur le trône, que pour contempler de plus haut tout le néant des grandeurs humaines ! oh ! mais il était bon, généreux, et sans doute qu'à son heure dernière....

GERVAIS.

Il a prié pour vous, madame; puis, il m'a dicté ses dernières volontés.

LA REINE.

Et sans doute que c'est l'accomplissement de ce devoir sacré qui vous ramène près de moi ?

GERVAIS.

Oui madame !... « Gervais, me dit-il » d'une voix mourante, il ne faut pas » que le noble nom des comtes d'En- » traigue s'éteigne avec moi, une bohé- » mienne célèbre m'a prédit qu'il était » encore réservé à mes descendans de » jeter un vif éclat sur la couronne de » France. Ecoutez, dès que Dieu m'au- » ra rappelé à lui, vous irez à Paris ; » là, vous veillerez avec soin à ce que » la comtesse d'Entraigue ne soit ins- » truite de ma mort qu'après sa déli- » vrance ; et si Dieu lui envoie une » fille, vous substituerez en sa place » un garçon. Telle est ma volonté der- » nière. » Puis il me serra fortement la main et fit un dernier effort pour me parler de vous ; mais sa voix était si faible, que je ne pus saisir le sens de ses dernières paroles.... Quelques minutes après, il avait cessé de vivre.

LA REINE.

C'était sans doute mon pardon , et Dieu n'a pas voulu que cette dernière consolation parvienne jusqu'à moi. Mais que fites-vous de la fille du comte ? Car la comtesse suivit de près son mari au tombeau , en donnant le jour à deux orphelins.

GERVAIS.

La comtesse ne mit au monde qu'une fille ; mais , pour mieux me conformer aux dernières volontés de mon maître, je fis courir le bruit qu'elle avait eu deux jumeaux de sexe différent, et que la fille n'avait survécu à sa mère que de quelques heures. Puis, je plaçai un enfant inconnu sous le nom d'Arthur et comme fils du comte d'Entraigue, et la fille légitime de la comtesse sous celui de Marie et comme la fille d'un de mes amis mort à l'armée, chez une dame qui consentit à leur servir de mère à tous deux.

LA REINE, *vivement.*

Et cette dame, où est-elle ?

GERVAIS.

Depuis longtemps, Dieu l'a rappelée à lui ; mais Marie, la seule et légitime héritière des comtes d'Entraigue, est restée le fille adoptive du marchand Durand.

LA REINE.

Ce que vous me dites là, Gervais, est impossible ! Eh quoi ! Arthur ne serait pas le fils légitime du comte d'Entraigue ! un sang inconnu coulerait dans ses veines ? mais il ne suffit pas de dire à une reine, qui a consenti à servir de mère à un noble orphelin : « Celui que vous chérissez comme un fils, que vous aimez de toutes les forces de votre âme, celui-là n'est qu'un enfant obscur et sans nom, » je veux des preuves et à l'instant même, ou tremblez ! car le chatiment qui vous attend sera terrible !...

GERVAIS.

Calmez-vous, madame, à quoi bon me menacer, quand seul je puis vous satisfaire. Vous voulez des preuves ? Eh bien ! il en existe une, une seule, et je viens la remettre entre vos mains ; mais avant, il importe au bonheur de Marie que vous me promettiez de rompre son mariage avec Ricardo, et de la laisser entièrement libre de se choisir un époux.

LA REINE.

Donnez-moi cette preuve, Gervais, et j'engage ici ma parole royale que Ricardo ne sera jamais l'époux de Marie, et que, tant que je vivrai, je veillerai sur

cet enfant avec toute la sollicitude d'une mère.

GERVAIS.

Hélas ! puisse votre affection, madame, lui tenir lieu désormais de tout ce que la fatalité lui a ravie ! mais voici la preuve que je vous ai promise. (*il lui remet une lettre*) Selon le désir de la comtesse, j'ai attendu pour briser le cachet de cette lettre, que sa fille fut exposée à un grand danger.

LA REINE, *ouvrant la lettre.*

Que vois-je ? la moitié d'un anneau ?

GERVAIS, *présentant une moitié d'anneau.*

Dont voici l'autre moitié. La femme du marchand Durand me l'a remise en mourant. Marie la portait au doigt au moment où, pour la seconde fois, elle devenait orpheline.

LA REINE.

Je ne puis revenir de ma surprise ! Marie d'Entraigue ! le 23 janvier 1535... Et maintenant ces deux moitiés ne forment plus qu'un seul et même anneau.

GERVAIS.

A présent que me voilà tout-à-fait rassuré sur l'avenir de la pauvre orpheline ; que je n'ai plus rien à craindre de Ricardo, je vais reprendre avec joie le chemin de Florence.

LA REINE.

Florence, dites-vous ? Oh ! parlez-moi de Florence ! cette ville fut mon berceau, Gervais ; elle vit naître et mourir toutes mes espérances de bonheur sur la terre ! vous souvenez-vous du jour où le duc mon père reçut en audience solennelle l'ambassadeur de France, le jeune et noble comte d'Entraigue ? Qu'il était beau, avec son riche costume ?... qu'il portait avec tant de grâce ! Que d'amour il y avait dans son regard, quand ses yeux s'arrêtèrent sur les miens ! Ce moment décida de mon

3

avenir ! car, je ne tardai pas à éprouver les premières atteintes d'une passion qui ne devait finir qu'avec ma vie ! combien j'étais heureuse alors, entourée de courtisans qui ne cessaient de me répéter que j'étais belle, que le monde était à moi ! Insouciante et belle, je croyais que le malheur ne pourrait jamais m'atteindre.... mais le ciel en avait décidé autrement : car, en devenant mère, je m'apperçus avec effroi qu'au front de mon bien-aimé il manquait une couronne ! De ce jour, Gervais, le bonheur s'enfuit loin de moi, car la reine de France ne devait plus revoir celui que, dans ses rêves de jeune fille, elle avait si souvent nommé son époux ! Rappelé subitement à Paris, pour aller prendre le commandement d'une armée, vous le savez, Gervais, le comte d'Entraigue perdit la vie dans une bataille, le jour même où l'on m'annonça que mon fils, dont j'avais eu la barbarie de me séparer, était mort subitement ; je crus un instant que la violence de la douleur me rendrait folle ! mais Dieu me refusa cette grâce ; et quelques années après, ce fût le cœur rempli de souvenirs déchirants et l'âme bourrelée de remords que je montai d'un pas chancelant sur le trône de France ! Bien des années s'écoulèrent alors, sans qu'aucun éclair de bonheur ne vint ranimer une existence vouée toute entière aux regrets et aux larmes, lorsqu'un jour.... oh ! pourquoi Dieu ne m'a-t-il pas rappelée à lui ce jour-là ?.. lorsqu'un jour, dis-je, je vis paraître à la cour un jeune seigneur, l'image vivante du comte ; la ressemblance était si frappante, que je crus un instant que l'âme de celui que j'avais tant aimé était passée toute entière dans celle d'Arthur ! car c'était lui que je voyais pour la première fois. Alors un indicible sentiment de bonheur s'empara de tout mon être : j'aimais Arthur comme une mère aime son fils, comme une amante aime son amant ! et c'est au moment où le voile de l'oubli commençait à effacer de ma mémoire tant de tristes souvenirs, que le ciel me réservait cette

dernière et terrible épreuve.

GERVAIS.

Ne vous abandonnez pas au désespoir, madame ; ayez confiance dans l'avenir ; de même que le calme suit l'orage, de même aussi, après tant de déceptions et de misères, vous finirez par rencontrer des jours meilleurs.

LA REINE.

Non, croyez-le bien, Gervais, je n'ai plus, maintenant, d'avenir que dans la tombe !... Mais hâtez-vous d'annoncer à Marie qu'elle peut sécher ses larmes, car Dieu lui a envoyé une seconde mère....

GERVAIS.

Dans un instant, vos vœux seront exaucés ; mais n'oubliez pas qu'Arthur, comte d'Entraigue, ne doit jamais connaître sa véritable origine.

LA REINE.

Dieu seul partagera avec moi le secret que vous venez de me confier. (*il sort.*)

SCÈNE VIII.

LA REINE.

LA REINE, *seule.*

D'avance, je sais ce que contient cette fatale lettre, et cependant je n'ose l'ouvrir. Allons, ayons du courage jusqu'au bout. (*elle lit*) « Le ciel, en m'envoyant » une fille, m'a montré tout le néant » des choses d'ici-bas ! Car avec Marie » va bientôt s'éteindre le nom illustre » des comtes d'Entraigue ; et je meurs » avec la pensée affreuse que je laisse, » dans ce monde d'épreuves et de misè-» res une orpheline environnée de dan-» gers et d'écueils. Mais, si jamais on » tentait de substituer à ma fille légitime » un faux comte d'Entraigue, cette » lettre et cette moitié d'anneau, dont » je mets l'autre moitié au doigt de Ma-» rie, serviraient du moins à confondre

» l'imposture, je lègue en mourant ce » dépôt précieux à mon plus fidèle ser- » viteur, l'intendant Gervais! *Comtesse » d'Entraigue.* » Pauvre Arthur, lui si noble, si généreux! Si jamais il appre- nait... Oh! ce serait lui donner la mort; il ne survivrait pas à sa honte! Mais ne puis-je anéantir cette preuve, la seule qui existe contre lui? Oui! (*elle s'aproche du feu, refléchissant*) et cepen- dant, ai-je bien le droit de priver Marie du seul bien qui lui reste? Non, cette lettre est un dépôt sacré que m'a légué sa mère, et je dois le respecter comme une chose sainte. Il est donc bien vrai! Arthur n'est pas le fils de celui que j'ai tant aimé? un sang inconnu coule dans ses veines?... Mais alors, pourquoi cette fatale découverte n'a-t-elle altéré en rien le sentiment que j'éprouve pour lui? C'est toujours le même feu qui me dé- vore, le même désir de le voir, d'en- tendre sa voix si douce à mon oreille; ce n'est pas de l'amour, ce n'est pas de l'amitié que je ressens pour lui, et cependant, quand il est là près de moi, quand mes yeux rencontrent les siens, le rouge me monte au visage, comme s'il y avait honte et damnation de l'ai- mer ainsi. (*prétant l'oreille*) Mais je ne me trompe pas: c'est bien sa voix que j'entends. Oui, je reconnais le bruit de ses pas. Oh! mon Dieu! faites qu'il ignore toujours cet horrible secret!...

SCÈNE IX.

LÉONA, LA REINE, *puis* ARTHUR.

LÉONA, *annonçant.*

Le comte d'Entraigue. (*Arthur entre au fond, Léona sort.*)

LA REINE.

Vous voilà, Arthur! me direz-vous en vertu de quel ordre vous avez quitté si brusquement l'armée, quand je vous avais ordonné d'y rester auprès du roi mon époux?

ARTHUR.

Je dois paraître bien coupable à vos yeux, je l'avoue, madame; mais j'espère que quand vous m'aurez permis de me justifier, de vous exposer le motif....

LA REINE, *l'interrompant.*

Je sais tout, Arthur; vous n'avez plus rien à m'apprendre: je sais que vous m'avez desobéi, que vous avez quitté le camp du roi pour venir vous opposer au mariage de Marie; je sais que vous avez trompé la confiance de votre souveraine pour venir vous jeter à la traverse du bonheur de votre sœur; mais ignorez-vous donc, comte d'En- traigue, que Marie, la fille adoptive du simple marchand, ne peut devenir vo- tre femme, et qu'en la berçant d'un espoir qu'il n'est pas en votre pouvoir de réaliser, vous creusez chaque jour sous les pas de cet enfant, un abîme où elle tombera infailliblement, si elle est assez malheureuse pour vous aimer.

ARTHUR.

Si Marie m'aime, madame, je la ferai comtesse d'Entraigue; et si je ne puis l'élever jusqu'à moi, eh bien! je descendrai jusqu'à elle! plutôt que de la voir devenir la femme de Ricardo.

LA REINE.

Insensé... vous voulez donc aller trai- ner dans l'oubli et l'obscurité une exis- tence qui pourait être si utile à votre pays; le souvenir de votre père mort au champ d'honneur n'a donc plus aucun pou- voir sur vous? et votre sang ne bouil- lonne pas dans vos veines en songeant qu'en ce moment peut-être une foule de jeunes seigneurs, moins favorisés que vous par la naissance et la fortune, pro- diguent leur sang pour le roi et la Fran- ce! Arthur, songez que de hautes desti- nées vous attendent, et que le devoir et l'honneur vous commandent d'obéir aveuglément aux ordres que je vais vous donner.

ARTHUR.

En aurai-je la force?... Oh! pourquo ne m'avez-vous pas éloigné de Marie quand il était encore en mon pouvoir de l'oublier? mais, à présent que la passion qui me consume s'est emparée de tout mon être ; à présent que le souvenir de Marie me poursuit partout; voulez-vous me contraindre à la voir d'un œil indifférent, livrée à un homme qu'elle déteste, et qui, j'en suis sûr, fera le malheur de toute sa vie.

LA REINE.

Rassurez-vous, Arthur ; car s'il ne faut pour vous ramener à de meilleurs sentimens, que la promesse de laisser à Marie la liberté de se choisir un époux, j'engage ma parole royale, que, dès aujourd'hui, je veillerai à ce qu'on ne fasse plus rien pour contraindre sa volonté. Mais, en retour d'un tel engagement, j'exige que vous vous prépariez à repartir demain pour l'armée, où le Roi vous donnera un commandement !..

ARTHUR.

Partir sans revoir Marie, sans lui dire un dernier adieu; oh ! ce serait par trop cruel, madame, et jamais je n'en aurais le courage.

LA REINE.

Il le faut cependant ; songez que le mariage de Ricardo ne peut être rompu qu'à ce prix ! mais croyez-vous donc, Arthur, qu'il ne m'en coute pas, à moi, qui vous chéris comme une mère, de me séparer de vous ?... Mais si quelque chose adoucit l'amertume de mes regrets, c'est la pensée consolante que bientôt vous reviendrez à la suite du roi mon époux, tout rayonnant de gloire. Oh ! qu'alors je serai heureuse et fière de votre bonheur ! Comme toutes les femmes de la Cour vont se disputer à l'envi un de vos regards ! Ne sentez-vous pas quelque chose au fond de votre cœur, qui vous dit que vous ne serez homme, que vous ne serez vraiment noble et digne de porter les éperons de chevalier, que quand vous aurez imité les exploits de vos ancêtres sur un champ de bataille ? Tenez, Arthur, prenez cette écharpe, et portez-la en mémoire de moi, je l'ai brodée pour vous ; elle vous portera bonheur.

ARTHUR, *prenant l'écharpe.*

Comment pourrai-je jamais reconnaître tant de bontés, madame ? Oh ! pourquoi ne m'est-il pas permis de vous consacrer mon existence toute entière ? Pourquoi faut-il qu'au sentiment d'amour et de reconnaissance que je n'ai jamais cessé d'avoir pour vous, vienne se mêler une affection étrangère. Vos paroles, madame, ont pénétré jusqu'à mon cœur ; vous venez d'allumer dans mon âme un feu qui me dévore ! Oui ! je veux aller gagner mes éperons de chevalier et mériter cette écharpe, talisman précieux qui me rappellera sans cesse tout ce que je dois aux bontés de ma souveraine !...

LA REINE.

Que je suis heureuse et fière de vous voir animé d'un si noble courage ! Savez-vous bien, Arthur, que Charles-Quint lui-même tremblerait sur son trône, si tous les gentilshommes de France vous ressemblaient !

ARTHUR.

Mon père est mort en combattant contre l'empereur, et si je ne puis trouver une fin aussi glorieuse que la sienne, je veux du moins prouver à toute la France que le noble sang des comtes d'Entraigue n'a pas dégénéré en moi !... (*on entend le son d'une cloche*) Mais quel est donc ce son lugubre qui se fait entendre au loin ?

LA REINE.

C'est l'heure du couvre-feu qui sonne à Notre-Dame.

ARTHUR, *à part.*

Malheureux ! et Marie qui m'attend !

LA REINE.

Qu'avez-vous, Arthur ?

ARTHUR, *à part.*

Oh ! mon Dieu ! que faire ?

LA REINE, *avec anxiété.*

Pourquoi ce trouble, cette agitation ?

ARTHUR, *à part.*

Quel parti prendre ?...

LA REINE.

Au nom du ciel, expliquez-vous !

ARTHUR.

Il faut que je vous quitte, à l'instant même.

LA REINE, *étonnée.*

Me quitter ! et pour quel motif ?...

ARTHUR.

Un rendez-vous que je ne puis remettre !...

LA REINE, *l'interrompant, vivement.*

Vous allez vous battre, Arthur ?...

ARTHUR.

Rassurez-vous !...

LA REINE.

Oh ! dites-moi la vérité !...

ARTHUR.

Je vous assure que ma vie ne court aucun danger, mais je ne puis différer plus longtemps, chaque minute de retard est un supplice affreux. *(s'en allant)* Adieu, madame, adieu, pitié pour moi, mais ne me maudissez pas, *(il sort).*

SCÈNE X.

LA REINE.

LA REINE, *seule.*

Parti ! je n'ai pu le retenir : s'il allait lui arriver malheur, si, demain à mon réveil, j'allais apprendre qu'un noble chevalier a reçu la mort dans un duel au Pré-aux-Clercs ; mais non, je suis folle d'avoir de pareilles pensées, on ne se bat pas à cette heure, mais alors pourquoi ce trouble, cette précipitation ? pourquoi une pâleur mortelle s'est-elle tout-à coup répandue sur son visage, quand l'heure du couvre-feu a sonné... Marie... oh ! je devine tout, à présent ! Oui, c'est elle qui l'attend ; et

l'insensé qui tout-à-l'heure encore semblait prêt à tout sacrifier pour l'honneur de son pays et l'amour de sa souveraine, le voilà qui court en aveugle à sa perte. Il ne sait donc pas, le malheureux, que d'un mot, d'un seul mot, si je veux, je puis briser tout son avenir de gloire et de bonheur, et le faire rentrer dans le néant.

SCENE XI.

LA REINE, LÉONA.

LÉONA.

Madame, voici une lettre que vient de me remettre à l'instant Ricardo, votre joaillier, il m'a prié de vous la faire parvenir sans retard.

LA REINE.

Donne !... (*elle prend la lettre* ; *prêtant l'oreille*) Mais qu'est-ce que j'entends dans la salle des gardes ?...

LÉONA.

Ce sont les jeunes seigneurs de la Cour qui attendent que votre majesté veuille bien les recevoir.

LA REINE.

C'est bien, ne t'éloigne pas, Léona ; dans un instant je te rappellerai. *(Léona sort)* Que peut-il avoir à me dire ? mais voyons sa lettre, (*elle lit*) « madame, « je vous envoie ci-joint une lettre que « le hasard vient de me faire tomber « entre mes mains. Elle est signée, « comte Arthur d'Entraigue. » Oui, c'est bien là sa signature ; mais d'où vient donc que ma main tremble ainsi ? pourquoi n'ai-je pas la force de surmonter mon émotion ? me resterait-il encore quelque chose à apprendre ? lisons : « Ma bonne Marie, je n'ai pu ré- « sister au désir de te faire part de « l'heureuse découverte que je viens de « faire ; tu n'es pas la fille de Durand, « un sang noble coule dans tes veines ; « et bientôt, si j'en crois la promesse « que m'a faite un vieil ami de ton père, « il te sera permis de reprendre dans le

« monde, un rang et une fortune qui
« t'appartiennent légitimement et que
« tu n'aurais jamais dû perdre, cette
« nouvelle diminuera, j'espère, le regret
« que tu dois éprouver en quittant la
« maison où tu as passé les plus belles
« années de ta vie, tout est prêt pour
« notre fuite; et ce soir nous volerons
« sur la route de Florence avec l'ami
« que le ciel nous a envoyé. Adieu, ma
« bien aimée, ayons confiance dans
« l'avenir : il nous promet encore d'heu-
« reux jours. Signé : comte *Arthur*
« *d'Entraigue.* » Je ne m'étais pas
trompée, c'était pour aller rejoindre
Marie qu'il m'a quittée si brusquement.
Oh! mais ils ne partiront pas! Ricardo,
instruit de leur projet, aura rendu leur
fuite impossible. Et demain je dirai en
face de toute la Cour que celui qui, jusqu'à ce jour a porté le nom illustre de
comte d'Entraigue, que celui qui, par
son antique noblesse, pouvait marcher
de pair avec les plus grands seigneurs
du royaume, que celui-là n'est qu'un
imposteur, un vil bâtard; que le nom
qu'il porte n'est pas le sien; que le titre
dont il se glorifie, il l'a usurpé comme
le nom et la fortune qu'il possède. (*après
une pause*) Et cependant, cet homme,
au front duquel je vais imprimer la
honte et le déshonneur, cet homme que
je vais tuer de mille morts, je l'ai aimé !
Que dis-je ! je l'aime encore, comme
j'aimais autrefois celui dont il porte le
nom ! oh ! mais il m'a trop cruellement
offensé pour avoir droit à ma pitié ! et,
dussé-je en mourir de douleur et de désespoir, je me vengerai.... (*appelant*)
Léona ! (*Léona entre à droite*).

LA REINE.

Fais ouvrir les appartements. (*elle
rentre du fond, Léona ouvre les portes,
à droite les seigneurs entrent.*)

SCÈNE XII.

Ste-FOIX, JARNAC, TAVANES, SEI-
GNEURS.

JARNAC.

Notre gracieuse souveraine a sans
doute à nous entretenir aujourd'hui de
quelque nouvelle bataille, gagnée par
son noble époux Henri II sur les im-
périaux.

TAVANES.

Ou bien encore, quelque brevet de
capitaine à nous donner. Au fait, messieurs, je ne sais trop ce que nous fai-
sons à Paris, pendant que nos frères
donnent et reçoivent chaque jour à l'armée des arquebusades et des horions
de toute espèce.

Ste-FOIX.

Il paraît que notre roi bien-aimé
Henri II ne laisse prendre aucun repos à ce damné de Charles-Quint, qui,
dans sa folie extrême, pense toujours à
une monarchie universelle.

JARNAC.

Il fera comme tous les grands con-
quérans; après avoir rêvé l'empire du
monde, il aura la douleur de voir ses
plus beaux fleurons se détacher les uns
après les autres de sa couronne; mais, où
est donc le comte d'Entraigue? quelqu'un
de vous, messieurs, l'a-t-il revu depuis
son retour du camp ?...

LES SEIGNEURS.

Non, non !

TAVANES.

Je suis sûr qu'il n'a pas été invisible
pour tout le monde, et je gagerais un
des plus beaux chevaux de mes écuries
qu'il est en ce moment occupé à deviser
d'amour auprès de la charmante Marie
que nous aimons tous comme lui, n'est-
ce pas, messieurs ?

LES SEIGNEURS.

Oui ! oui !...

JARNAC.

Elle est trop belle pour appartenir à
un seul; qu'il soit donc fait, ainsi que
nous le voulons tous; et puisque d'Entraigue nous sacrifie pour elle; eh bien !
enlevons-la pour lui ?...

LES SEIGNEURS.

Oui ! oui ! enlevons-la pour lui !

Sᵗᵉ FOIX.

Mais que dira Ricardo, son prétendu ?

JARNAC.

Il ira au diable d'où il est sorti.... mais silence !... voici la reine !...

SCÈNE XIII.

LES PRÉCÉDENS, LA REINE, Sᵗ-CLAIR, PAGES,

Sᵗ CLAIR, *annonçant.*

La reine, messeigneurs.

LA REINE.

Dieu vous garde, messeigneurs ; je suis heureuse de n'avoir aujourd'hui comme toujours que de bonnes nouvelles à vous annoncer. Le roi, mon seigneur et maître, me mande de l'armée, que nos soldats continuent à faire des prodiges! Mais si nos succès et notre gloire troublent sans cesse le repos de Charles-Quint, chaque jour aussi nous avons à déplorer la perte de quelqu'un de nos braves chevaliers ; au nombre de ceux qui ont perdu la vie dans la dernière rencontre avec l'ennemi, se trouvent le comte de Marcy et le baron de Montluc. Voici deux brevets en blanc que le roi m'a chargé de remplir. Comte de Jarnac, l'un de ces brevets est pour vous ; vous partirez demain pour aller vous mettre à la tête des lansquenets que commandait le comte de Marcy.

JARNAC.

Si je dois mourir sur un champ de bataille, je prie le ciel qu'il m'accorde une mort aussi glorieuse que celle du brave que je vais remplacer.

LA REINE, *prenant le brevet.*

Nous n'avons jamais douté de votre valeur, comte de Jarnac ; monsieur de Tavanes, le second brevet est pour vous; demain vous accompagnerez le comte de Jarnac à l'armée, où vous irez prendre le commandement des arquebusiers de feu le baron de Montluc.

TAVANES.

Montluc était mon frère d'armes, et je jure ici de verser jusqu'à la dernière goutte de mon sang pour venger sa mort.

LA REINE.

N'oubliez pas, monsieur de Tavennes, que nous espérons vous revoir auprès du roi notre époux, quand il rentrera dans sa bonne ville de Paris. Quant à vous, messeigneurs, plus tard nous penserons aussi à vous donner des commandemens: (*on entend du bruit dans la rue*) Mais d'où viennent ces clameurs ? Entendez-vous, messeigneurs, (*à St-Clair*) St-Clair, allez savoir la cause du tumulte qu'on entend dans la rue.

Sᵗᵉ-FOIX.

C'est sans doute quelque bande de truands aux prises avec le guet.

JARNAC.

Ou bien encore quelqu'émeute des écoliers de la basoche.

LA REINE.

(*bruit au dehors*) La confusion augmente, n'entendez-vous pas des cris au feu ? mais voici St-Clair, il nous en apprendra peut-être davantage. (*au page*) Eh bien ! que sais-tu ?

ST-CLAIR.

Le bruit se répand parmi la foule que le feu a été mis à la maison du marchand Durand et qu'à la faveur de l'incendie on a enlevé sa fille.

LA REINE.

Et qui accuse-t-on de cet enlèvement ?

ST-CLAIR.

Les uns disent qu'ils ont vu passer à travers les ténèbres Ricardo, votre joaillier, emportant dans ses bras une femme qui ne donnait plus aucun signe de vie.

LA REINE, *vivement.*

Cela ne peut être, car Ricardo était le fiancé de Marie !

ST-CLAIR.

D'autres encore assuraient avoir vu le comte d'Entraigue rôder autour de la maison de Durand, quelques moments avant que l'incendie n'éclate.

LA REINE, *à part.*

J'en étais sûre. (*haut*) Les cris redoublent, messeigneurs, le danger augmente; hâtez-vous de quitter vos habits de fête et courez prêter vos bras pour éteindre l'incendie ; vos services ne seront pas moins précieux là que sur un champ de bataille.

JARNAC, *aux seigneurs.*

Volons d'abord au secours de la belle Marie. (*la reine rentre dans ses appartements, les seigneurs sortent au fond*).

SCÈNE XIV.

DURAND, *puis* LA REINE,

DURAND, *entrant tout effrayé.*

La reine, où est-elle ? je veux lui parler ! lui demander justice !

LA REINE, *paraissant.*

Me voici !...

DURAND.

Ma fille, madame ; au nom de ce que vous avez de plus cher au monde, faites-moi rendre Marie, que l'infâme Ricardo m'a enlevée.

LA REINE.

Vous vous trompez, maître Durand, car celui qui a mis le feu à votre maison, le véritable ravisseur de Marie, n'est pas Ricardo, mais bien le comte Arthur d'Entraigue.

DURAND.

Arthur ! dites-vous ?

LA REINE.

En voici la preuve. (*elle lui montre la lettre.*)

DURAND.

Oh ! mais non, c'est impossible !

LA REINE, *lui présentant la lettre.*

Lisez !...

DURAND, *après avoir lu, à part.*

Oh ! l'infâme ! l'infâme !

LA REINE.

Me croyez-vous maintenant ?

DURAND, *sans l'écouter.*

Voilà donc la récompense qu'il me réservait pour tous les soins que j'ai pris de son enfance; abuser lâchement de l'hospitalité que je lui donnais chaque jour, pour m'enlever ma fille, Marie, mon seul bien sur la terre.

LA REINE, *lui donnant un ordre qu'elle vient d'écrire.*

Tenez, voici l'ordre d'arrêter le comte d'Entraigue partout où vous le trouverez.

DURAND, *prenant la lettre.*

Oh ! merci !...

LA REINE.

Courez à son hôtel, il doit y être encore ; moi je vais faire prévenir le lieutenant de police, afin qu'il ne puisse s'échapper de Paris !...

DURAND, *vivement, à part.*

Oh ! mon Dieu ! faites qu'il ne soit pas déjà trop tard !

LA REINE.

Allez, et ne perdez pas une minute.

DURAND.

Ma pauvre Marie ! (*il sort.*)

SCÈNE XV.

LA REINE, *seule.*

Ah ! comte d'Entraigue , vous ne savez pas jusqu'où peut aller le ressentiment d'une femme outragée, insensé qui avez cru pouvoir braver impunément ma colère , repousser froidement mon amour ! eh bien ! cet amour vous sera fatal , car l'amour d'une reine donne la mort quand il n'est pas partagé. A demain ma vengeance !...

Le Rideau tombe.

FIN DU SECOND ACTE.

ACTE TROISIÈME.

Le Théâtre représente un cachot voûté servant de lieu de réunion aux prisonniers , deux portes , l'une à droite, l'autre à gauche , et dans le fond , celle d'entrée : à droite : une table sur laquelle se trouvent des gobelets et des bouteilles ; des bancs pour s'asseoir.

SCÈNE PREMIÈRE.

GRÉGORIO *et* MARSINI , *assis près de la table.*

GRÉGORIO.

Connais-tu la nouvelle qui circule dans Paris, ce matin , Marsini ?...

MARSINI.

Tu sais bien que je ne suis pas curieux de mon naturel , et que d'ailleurs je n'ai pas besoin d'user mes chausses à courir du matin au soir dans notre bonne ville de Paris pour savoir ce qui s'y passe , attendu que tu as toujours soin de m'annoncer d'avance les événements qui doivent arriver pendant la journée.

GRÉGORIO.

Oui, mais je ne t'ai pas encore raconté ceux de cette nuit !...

MARSINI.

N'a-t-on pas mis le feu à la maison du marchand Durand ?...

GRÉGORIO.

On le dit, et tu ne devinerais jamais qui l'on accuse de ce crime ?

MARSINI , *continuant.*

On a aussi , je crois , enlevé la belle Marie, la perle des filles de Paris.

GRÉGORIO.

Eh bien ! le croirais tu ? Marsini ? on vient de m'assurer à l'instant même que le comte d'Entraigue à été arrêté ce matin , comme prévenu de ce double crime ; on prétend que ne pouvant empêcher Marie sa sœur de lait de devenir la femme de Ricardo , le joailler de la reine , il a mis le feu à la maison de Durand , afin de pouvoir enlever plus facilement sa fille à la faveur de l'incendie.

MARSINI.

Et que penses-tu qu'on fera du comte , s'il est assez maladroit pour se laisser appréhender au corps ?

GRÉGORIO.

Probablement qu'on l'amènera ici pour tâcher de lui faire avouer son crime ; ce serait cependant bien dommage d'appliquer la question à un aussi beau jeune homme.

MARSINI.

Bah ! je voudrais être assuré de vivre aussi longtemps que lui ! car on dit tout bas que la reine ne le voit pas d'un œil indifférent ! et sans doute que les moyens ne lui manqueront pas pour sauver son protégé ! et puis, tu sais bien que les nobles se tirent toujours d'af-

4

faire ; et qu'il n'y a que les vilains comme nous qui succombent. Mais en attendant qu'on nous amène notre nouveau prisonnier, et pendant que nous allons boire une bonne bouteille de vin à sa délivrance, raconte-moi l'histoire de ta vie, il y a assez longtemps que tu me promets de me la dire !...

GRÉGORIO.

Oui, mais c'est que je crains toujours que quelqu'un ne vienne à nous entendre.

MARSINI.

Ne sais-tu pas que ces voûtes étouffent les cris arrachés par la douleur, et qu'ici l'agonie, quelque longue qu'elle soit, y demeure toujours ensevelie dans l'ombre ? L'oreille la plus exercée fut-elle appliquée pendant un siècle à cette triple porte, ne pourrait jamais rien entendre de ce qui se passe ici.

GRÉGORIO.

Il y a cependant un vieux proverbe qui dit que les murs ont aussi des oreilles pour entendre et des yeux pour voir ; mais c'est égal, je vais tenir la promesse que je t'ai faite ; parce que je ne veux pas qu'on puisse dire qu'un ancien Condottieri a eu peur une fois en sa vie.

MARSINI, *remplissant les verres.*

Tiens, avant de commencer, buvons d'abord un verre de ce vin d'Italie à la santé du comte d'Entraigue.

GRÉGORIO.

A sa santé ! et au repos de nos instruments de torture.

MARSINI.

Puissent-ils sommeiller encore longtemps, maintenant, commence je t'écoute.

GRÉGORIO, *après avoir vidé son verre tout d'un trait.*

Je n'ai pas besoin de te dire que je suis né à Florence. Comme presque tous les italiens, le métier des armes fut ma première et peut-être ma seule passion à l'âge où les enfants ne songent guère qu'aux plaisirs, moi, j'avais déjà assisté à plusieurs batailles, aussi je ne tardai pas à entrer dans une bande de Condottieri, braves soldats, qui ne craignent pas plus de donner ou de recevoir un coup de lance, que de voler une madone, ou de boire un verre de vin, comme je le fais en ce moment. Un jour donc que nous venions d'emporter d'assaut une ville pour le compte du duc de Ferrare, qui nous avait pris à sa solde, moins inhumain que mes compagnons qui ne songeaient qu'à tuer et à piller, je pris sous ma protection une dame que poursuivait un Condottierri à travers les ténèbres d'une nuit de meurtre et de désolation. C'était la première fois qu'il m'arrivait de faire une bonne action ; aussi ne voulant pas la faire à demi, après avoir sauvé l'honneur et peut-être la vie de cette dame, je lui fournis les moyens de rentrer à Florence sa patrie ; puis quand je fus certain qu'elle était hors de tout danger, je tombai épuisé de fatigue sur les débris fumants du palais du gouverneur, où Dieu pour me récompenser m'envoya un sommeil paisible et calme qui dura jusqu'au jour.

MARSINI.

Et que devint cette dame ? L'as-tu revue quelque part depuis ?...

GRÉGORIO.

Oui, à Florence, cinq ans après, quand fatigué de la vie errante que je menais depuis mon enfance, je vins m'établir dans cette ville ; mon inconnue s'appelait Léona, elle était devenue dame d'honneur de la princesse Catherine de Médicis aujourd'hui reine de France et de Navarre : bientôt, grâces à sa protection et à l'or que j'avais amassé à la guerre, je pus faire un riche mariage ; il y avait deux ans que je goutais les douceurs d'une vie tranquille et heureuse lorsqu'un soir en revenant de faire ma prière aux pieds de la madone de l'arc....

MARSINI.

Tu étais donc devenu dévot ?

GRÉGORIO.

Voulant m'acquitter envers la madone, je lui rendais en prières, ce que je lui avais pris autrefois en argent !

MARSINI.

Excellent moyen de payer ses dettes ; mais achève ton histoire !...

GRÉGORIO.

Un soir donc que je rentrais chez moi plus tard que d'habitude, je vis sortir du palais Ducal une femme couverte d'un long voile noir et qui semblait vouloir se dérober à tous les regards ; poussé par un sentiment de curiosité, je me glissais sans bruit le long des maisons qui bordent le quai Picti, et comme la nuit était profonde, je pus, sans crainte d'être vu, suivre mon inconnue jusqu'au bord de la rivière, une barque passait en ce moment sur l'Arno et à la lueur d'une lumière qu'elle portait, je reconnus Léona ! J'insistai pour savoir où elle pouvait aller à pareille heure, avec tant de mystère, et pour toute réponse elle me montra un enfant d'une beauté remarquable qu'elle allait exposer, l'occasion était belle pour achever de me raccomoder avec le ciel et le mystérieux enfant passa des mains de Léona la dame d'honneur dans celles de Grégorio le Condottieri ; le lendemain, je fus remercier la madone de l'arc qui m'avait envoyé un fils.

MARSINI.

Et que fis-tu de cet enfant ?

GRÉGORIO.

Deux jours après ma rencontre avec Léona, il avait disparu sans que jamais j'ai pu savoir depuis ce qu'il était devenu.

MARSINI.

Et comment Léona reçut-elle cette nouvelle ?

GRÉGORIO.

Craignant son juste ressentiment, si je lui avouais la vérité ; je lui dis que l'enfant qu'elle avait confié à mes soins était mort subitement. Depuis ce jour, comme si le ciel avait voulu me punir de ma négligence, tous les malheurs m'arrivèrent à la fois !... rentré en France, à la suite de la princesse Catherine, je ne tardai pas à perdre ma femme ; puis une banqueroute m'enleva toute ma fortune ; alors poussé au désespoir et me rappelant la joyeuse vie que j'avais menée autrefois en Italie, je me fis de nouveau Condottieri ; mais je ne fus pas longtemps à me repentir de la résolution que je venais de prendre ; car, un jour que je revenais de piller une chapelle, on m'arrêta comme un bandit ; et on m'aurait probablement pendu comme un voleur, si Léona n'avait sollicité et obtenu ma grâce ; enfin après avoir été longtemps enfermé pour des pécadilles de cette espèce, j'obtins à mon tour la faveur d'enfermer les autres ; et voilà comment je me trouve aujourd'hui geôlier de cette prison. (entendant frapper) Mais on frappe à la 1re porte, c'est sans doute le comte qu'on nous amène ; il ne faut pas le faire attendre. (il va ouvrir la porte)

MARSINI, à part, le voyant sortir.

J'avais toujours dit que cette enveloppe grossière cachait un grand homme. Je donnerais volontiers la moitié de la place qui m'est réservée dans le paradis pour qu'il me soit arrivé autant d'aventures qu'à lui !...

SCÈNE II.

GRÉGORIO, le COMTE, MARSINI.

GRÉGORIO, à la cantonnade.

Par ici, mon jeune seigneur ; prenez garde de tomber ; vous avez encore trois marches à descendre !

LE COMTE, entrant.

Est-ce ici que je dois m'arrêter

MARSINI.

Non, monseigneur, ceci est la chambre commune où tous les prisonniers se réunissent après les repas ; mais vous pouvez y rester jusqu'à ce qu'on vous en ait préparé une autre ou vous serez logé plus convenablement.

LE COMTE, *s'asseyant sur un banc.*

Alors, c'est bien ! laissez-moi seul.

GRÉGORIO, *fait quelques pas, puis s'arrête, à part.*

C'est égal, si je n'étais pas aussi sûr que c'est le comte d'Entraigue que j'ai devant les yeux, je croirais à n'en pas pouvoir douter que c'est....

LE COMTE, *l'interrompant.*

Eh bien ! qu'avez-vous donc à me considérer ainsi depuis une heure ? ne suis-je pas un homme comme un autre ?

GRÉGORIO.

Pardon, monseigneur, c'est que je croyais vous avoir vu quelque part, il y a bien longtemps ; mais je sors, viens Marsini, allons nous en (*ils sortent au fond.*)

SCÈNE III.

LE COMTE.

LE COMTE, *seul.*

Comment ai-je pu survivre au coup affreux qui vient de me frapper ? Marie ! ma seule espérance, mon seul bien sur la terre, arrachée violemment des bras de son père au milieu de l'horrible incendie qui dévorait sa maison, et c'est moi... moi, son frère... moi qui aurais donné mille fois ma vie pour sauver la sienne, que l'on accuse d'un pareil forfait ; puis, pour donner plus de vraisemblance à une accusation aussi absurde, on vient déclarer en face de toute la Cour, que je ne suis qu'un vil bâtard, qu'un imposteur ! oh ! je reconnais bien là l'italienne, Catherine de Médicis ! du moment, où je lui ai dit :

« Catherine, mon cœur appartient tout « entier à Marie, je ne puis plus le donner « à une autre » dès ce moment, sa passion pour moi s'est changée en une haine implacable, et son unique pensée à été la vengeance. Et bien ! réjouis-toi, Catherine, car celui que tu aimais d'un amour aussi tendre ; celui avec lequel tu n'aurais pas craint de partager ta couche et de devenir adultère ; celui enfin qui s'appelait comte d'Entraigue, frappé du stygmate de la honte et de l'infamie est maintenant, confondu parmi les malfaiteurs et les criminels !...

SCENE IV.

MARSINI, LE COMTE.

MARSINI.

Monseigneur !...

LE COMTE, *se retournant avec humeur.*

Et bien ! qu'y a-t-il ? que me veux-tu ?

MARSINI.

Pardon, monseigneur, si je vous dérange ; mais c'est qu'il y a là à la porte une dame voilée qui se dit envoyée vers vous de la part de la reine et qui demande à vous parler !...

LE COMTE.

C'est bien ! fais-la entrer ! je suis prêt à la recevoir. (*Marsini sort, et introduit Léona, puis il rentre à droite.*)

SCÈNE V.

LE COMTE, LÉONA.

LE COMTE.

Vous ici, Léona, pourquoi Catherine n'est-elle pas venue elle-même contempler son ouvrage, et insulter à sa victime.

LÉONA.

Monsieur le comte, vous oubliez ?...

LE COMTE.

Je ne suis plus comte, Léona ; n'étais-tu pas auprès de ta maîtresse quand ce matin à son lever elle a dit à toute la cour que je n'étais qu'un inconnu, un vil bâtard ? Appelle-moi Arthur, c'est le seul nom qu'il me soit désormais permis de porter sans rougir.

LÉONA.

Eh bien ! Arthur ; la reine m'envoie vers vous pour vous supplier une dernière fois de rendre Marie à la liberté, à ce prix, elle promet de vous sauver la vie....

ARTHUR.

Elle ose me demander Marie que l'infame Ricardo a enlevé par son ordre ; car c'est lui Léona, lui, qui la retient prisonnière ; et c'est après m'avoir ravi ce que j'avais de plus cher au monde, après avoir couvert mon front d'opprobre et de déshonneur qu'elle pousse la cruauté jusqu'à m'offrir la vie ?... Affreuse dérision ; implacable vengeance, qu'une âme aussi noire que celle de Catherine pouvait seule concevoir !

LÉONA.

Calmez-vous, Arthur, ne maudissez pas la reine, car elle n'a jamais cessé de vous aimer.

ARTHUR.

T'ais-toi Léona ! Car tu viens de prononcer un mot saint et sacré pour tous, excepté pour Catherine de Médicis qui ne le comprit jamais ; mais va, retourne auprès d'elle, et dis-lui pour toute réponse, que je suis résigné à mourir, et que l'appareil du supplice qu'elle prépare pour me faire avouer un crime que je n'ai pas commis, n'a rien qui puisse m'effrayer.

LÉONA, tristement.

Oh ! pourquoi, ne puis-je vous sauver, Arthur ? mourir à votre âge quand la vie semblait si belle pour vous ?... (elle cache sa figure dans ses mains).

ARTHUR.

Tu pleures, Léona, tu es bonne, toi,

ton cœur n'est pas encore endurci comme celui de Catherine, tu ne pourrais voir d'un œil sec et froid un malheureux condamné à subir toutes les tortures de l'enfer pour expier le crime d'un autre, et quand Dieu m'aura accordé le repos de la tombe, il te restera à toi du moins quelques larmes à donner à ma mémoire ; mais on vient ! C'est sans doute ma condamnation qu'on va me lire ? Adieu Léona, nous nous retrouverons là-haut !...

LÉONA.

Adieu, Arthur, je vais prier pour vous. (elle va pour sortir).

SCÈNE VI.

LES PRÉCÉDENTS, GRÉGORIO.

GRÉGORIO, apercevant Léona, à part.

Léona ! c'est elle !...

LÉONA, de même, sortant.

Grégorio ? oh ! c'est le ciel qui me l'envoie ! je le sauverai. (elle sort).

ARTHUR.

Tu connais cette dame, Grégorio, où l'avais-tu rencontrée avant de venir ici ?

GRÉGORIO.

En Italie, où je fus assez heureux pour lui sauver la vie, pendant que j'étais encore Condottieri ou brigand, comme on les appelle en France ; plus tard je revis Léona à Florence, à la cour du grand duc Cosme de Médicis, et depuis cette époque, il y a entre nous deux un secret.... mais on vient !...

SCÈNE VII.

LES PRÉCÉDENTS, MARSINI, GERVAIS.

MARSINI.

Par ici, tenez, le voilà qui cause avec Grégorio !

ARTHUR.

Gervais! que venez-vous faire ici ?...
j'espérais ne plus vous revoir en ce monde ?....

GERVAIS.

Oh ! ne me repoussez pas, je sais que
je ne suis qu'un misérable; car j'ai trahi
un secret que j'avais promis d'emporter
avec moi dans la tombe ! mais le mal
que j'ai fait n'est pas irréparable, et je
puis encore racheter ma faute.

ARTHUR.

Que voulez-vous dire ?...

GERVAIS.

La reine ne connaît encore que la
moitié du secret de votre naissance ; et
ce qu'il me reste à lui confier, vous
sauvera !...

ARTHUR.

Me rendrez-vous aussi l'honneur que
vous m'avez ravi ?...

GERVAIS.

Je ferai plus, je vous ferai retrouver
votre mère....

ARTHUR.

Ma mère dites-vous, je verrai ma
mère ?... Oh ! mais alors ! hâtez-vous,
car la reine Catherine a soif de mon
sang et chaque minute qui s'écoule, approche l'heure de mon supplice, mais
pourquoi Marcel, mon fidèle serviteur,
n'est-il pas près de moi? m'aurait-il aussi
abandonné, lui ?...

GERVAIS.

Il a été arrêté cette nuit, au moment
ou il tentait de s'introduire dans ma
chambre ; je l'ai déjà interrogé, et j'espère que par lui, j'arriverai à la découverte du vrai coupable.

ARTHUR.

Je devine à présent pourquoi Durand
lui-même m'accuse d'avoir mis le feu à
sa maison ; Marcel aura trahi le secret de
notre fuite ; oh ! je n'avais donc autour
de moi que des ennemis ?...

GERVAIS.

Bientôt, je l'espère, vous n'aurez
plus que des amis, mais je cours chez
la reine, et je ne la quitterai pas qu'elle
n'ait signé votre grâce et reconnu votre
innocence. (il sort.)

SCÈNE VIII.

ARTHUR , puis GRÉGORIO et MARSINI.

ARTHUR.

Les paroles de cet homme ont soula-
gé mon cœur d'un poids immense! maintenant qu'une lueur d'espérance m'est
rendue, que l'ombre du bonheur sem-
ble se rapprocher de moi, je commence
à avoir peur de la mort, je tremble devant cet appareil de tortures et de souffrances qui, tout-à-l'heure encore, n'a-
vaient aucun pouvoir sur mon âme
brisée par la douleur ; revoir ma mère,
la serrer contre mon cœur ; la couvrir
de baisers et de larmes! et Marie, il
m'a aussi promis de me la rendre ! au-
rais-je la force de supporter tant de
bonheur à la fois ?... (tombant à genoux.) Merci, oh ! mon Dieu ! qui n'a-
vez pas voulu qu'une pensée de désespoir fût ma dernière pensée; qui n'avez
pas voulu que le malheureux orphelin
meure du suplice des traîtres et des as-
sassins ! (appelant) Grégorio ! Marsini !
(ils entrent à droite.) Venez partager
ma joie ; dans une heure je serai libre,
je reverrai ma mère, Marie me sera
rendue ! eh bien ! comme vous voilà
tristes, abattus ! vous sembliez cependant, prendre tant d'intérêt à mes malheurs !...

GRÉGORIO, présentant un parchemin.

Tenez, lisez, monseigneur (Arthur
reçoit le parchemin) et vous compren-
drez après, pourquoi nous sommes
tristes, et pourquoi nous ne partageons
pas votre joie.

ARTHUR, *après avoir lu.*

Malheureux, qu'ai-je lu ! et Gervais qui m'avait promis !... oh ! mais c'est l'enfer qui est déchaîné contre moi ! (*il lit*) ordre de me faire appliquer la question sans le moindre délai et cet ordre est signé : Catherine de Médicis ! et j'ai pu croire un seul instant que cette femme de sang, que cette italienne renoncerait si facilement à sa vengeance ! honte et malheur sur elle ! car je meurs innocent. (*aux geoliers*) Venez, je suis prêt à vous suivre. (*ils sortent au fond*)

SCÈNE IX.

LÉONA, *puis* GRÉGORIO.

LÉONA, *seule, entrant, au fond.*

Rien n'a pu fléchir la reine ; en vain ai-je cherché à faire entrer le doute dans son cœur : elle est restée inexorable : mais je sauverai Arthur malgré elle ! ah ! voici Grégorio !...

GRÉGORIO, *entrant par la gauche.*

Vous ici, Léona, à cette heure suprême. Est-ce la grâce du comte que vous apportez ?...

LÉONA, *avec intention.*

Peut-être ?...

GRÉGORIO.

En ce cas, hâtez-vous ; car quelques minutes encore et Dieu lui même ne pourrait le sauver.

LÉONA, *vivement.*

Vous m'effrayez, Grégorio, mais, au nom du ciel, expliquez-vous ! serais-je arrivée trop tard ?

GRÉGORIO.

Je vous le répète, si vous avez encore quelques moyens de sauver le comte d'Entraigue, hâtez-vous de les employer, car on prépare en ce moment les instrumens de torture.

LÉONA, *avec douleur, à part.*

Oh ! mon Dieu ! faites qu'il me reste encore le temps de prouver son innocence. (*à Grégorio*) Grégorio, qu'est devenu l'enfant que je remis entre vos mains à Florence, le jour où je vous rencontrais sur les bords de l'Arno ? sur votre vie éternelle répondez : est-il mort ou existe-t il encore ?

GRÉGORIO.

J'avais juré aux pieds de la madone de l'arc de servir de père à cet enfant, et j'aurais tenu fidèlement mon serment si Dieu n'avait pas permis qu'il me fût enlevé !...

LÉONA, *avec joie.*

Quoi ! se pourrait-il ? il vivrait encore ?

GRÉGORIO.

En vous avouant la vérité, j'eus peur de m'exposer au ressentiment de quelque haut personnage.

LÉONA.

Attendez ! Grégorio, tout n'est pas encore désespéré, oui, (*après une pause*) ce moyen peut encore nous réussir ! Arthur est du même âge que cet enfant : comme lui, il est orphelin ; je cours me jetter aux pieds de la reine, je lui dirai que son fils n'est pas mort ; car c'est son fils, Grégorio, que je remis entre vos mains à Florence.

GRÉGORIO.

Le fils de la reine ?...

LÉONA.

Oui, c'était son fils ! dans le doute, elle fera suspendre l'exécution de l'ordre barbare qu'elle à donné ce matin, Vous, Grégorio, tâchez de gagner quelques minutes, et le comte est sauvé. (*elle sort.*)

GRÉGORIO.

L'ordre était formel ; s'ils n'allaient pas m'écouter ; si déjà.... oh ! ce serait horrible !... (*appercevant la reine.*) La reine !....

SCENE X.

GRÉGORIO, LA REINE, (*entrant au fond, à part.*)

Et j'ai pu l'accuser d'un pareil crime, ordonner froidement son supplice , quand mon cœur démentait mes paroles, et se révoltait de tant de cruautés ! Ricardo ! le misérable !... oh ! c'est le ciel qui m'a punie !... mais personne ici !....

GRÉGORIO, *s'aprochant.*

Madame !...

LA REINE, *présentant un ordre.*

Tenez, c'est la grâce du comte d'Entraigue que j'apporte ici ; (*elle donne l'ordre à Grégorio*) courez la lui remettre , dites-lui que la reine l'attend ici ! allez ! ne perdez pas une minute....

GRÉGORIO, *sortant au fond, à part.*

Il est sauvé !...

LA REINE.

Mon repentir le touchera ; il ne sera insensible à mes larmes... mon Dieu, le voici ! (*appercevant Gervais*) Gervais !... je suis perdue !...

SCENE XI.

LA REINE, GERVAIS.

GERVAIS.

Catherine, femme déloyale et sans cœur, répondez ! qu'avez-vous fait du secret que j'avais confié à votre honneur, que j'avais mis sous la sauvegarde de votre amour pour Arthur ?

LA REINE.

Grâce, pitié pour moi, Gervais !

GERVAIS.

De la pitié pour vous, Catherine, qui n'en avez pas eu pour un enfant ? Eh bien ! Voulez-vous que je vous dise à présent quel est cet enfant, que vous avez abreuvé d'outrages et couvert d'ignominie; que vous avez repoussé du pied, parce qu'il ne voulait pas partager votre incestueux amour ?...

LA REINE.

Oh ! vous me faites frémir.

GERVAIS.

Vous tremblez, Catherine ! Votre cœur est donc encore accessible à la crainte ? Eh bien ! Cet enfant que vous avez eu la barbarie d'envoyer à la torture, cet enfant que vous avez immolé sans pitié à une indigne vengeance, cet enfant avait pour père le comte d'Entraigue, ambassadeur de France à Florence, et pour mère....

LA REINE, *vivement.*

Oh ! par pitié, n'achevez pas ?...

GERVAIS, *continuant*

Vous commencez à comprendre, Catherine ? Mais attendez, car je ne vous ai pas encore dit le nom de la mère d'Arthur. Elle s'appelait la princesse Catherine, elle était fille du grand duc Cosme de Médicis, et fiancée au Dauphin de France.

LA REINE, *avéc désespoir.*

Malheureuse ! Et rien ne m'a dit en le voyant: voilà ton sang; et quand tout en lui me rappelait son père, je n'ai pas reconnu mon enfant ? Oh ! je devine à présent le secret de cet amour bizarre qui remplissait mon cœur !

GERVAIS.

C'est moi qui fis enlever Arthur déposé secrètement par Léona chez le Condottierri Grégorio, que vous avez revu ici ; mais le voici ; peut-être cette fois le reconnaîtrez-vous mieux.

LA REINE, *à Léona.*

Léona, courrez chercher Marie, c'est ici que je veux la rendre à son frère ! ah !... (*elle sort*).

SCENE XII.

LES PRÉCÉDENS, ARTHUR, GRÉGORIO, MARSINI.

ARTHUR, *paraissant, soutenu par Grégorio et Marsini.*

Il est trop tard, Catherine ! Marie et moi, nous ne pouvons plus être unis que dans le ciel !

LA REINE, *cachant sa figure dans ses mains.*

Malheureuse ! qu'ai-je fait ?

ARTHUR.

Contemple ta victime, Catherine ! n'est-ce pas, que la vue des souffrances de celui qu'on aime fait du bien ?... Car tu m'aimes, toi ; n'est-ce pas, Catherine, que tu m'aimes ?

LA REINE.

Oh ! ne m'accablez pas, Arthur ! maudissez la reine de France, mais pardonnez à une mère (*elle tombe à genoux*) qui embrasse vos genoux.

ARTHUR.

Ce n'était donc pas assez d'avoir ordonné froidement mon supplice, Catherine ; il fallait encore pour que ta vengeance fût complette, que je fusse condamné à te voir insulter à mon agonie.

LA REINE.

Oh ! pourquoi ne m'est-il pas permis de donner ma vie pour racheter la vôtre ?... Arthur ! voyez mon désespoir ! voyez mes larmes ! ce n'est plus une reine qui est devant vous, mais une mère qui vous demande grâce, qui implore votre pitié !

ARTHUR.

Dieu seul connaît ma mère, madame, elle est sans doute au ciel qui prie pour moi, où dans quelques instants j'irai la rejoindre.

LA REINE, *avec désespoir.*

Oh ! dites plutôt que vous me pardonnez, qu'un sentiment de haine et de vengeance ne peut plus entrer dans votre cœur ; car c'est moi, Arthur, moi, Catherine de France, qui vous ai donné le jour.

ARTHUR, *de même, vivement.*

Oh ! mais non, c'est impossible !

LA REINE, *reprenant.*

Oui ! vous êtes mon fils, le fils du comte d'Entraigue.

ARTHUR, *à part, vivement.*

Que dit-elle ?

LA REINE, *avec anxiété.*

Vous gardez le silence ?

ARTHUR, *de même.*

Je n'ose encore vous croire.

LA REINE, *à part, avec désespoir.*

O mon Dieu ! donnez-moi des accens qui puissent toucher le cœur de mon enfant.

ARTHUR, *de même, avec découragement.*

Et c'est elle....

LA REINE.

Oh ! par pitié, Arthur, au nom du Dieu de miséricorde qui nous jugera tous deux, au nom de Marie que vous chérissez, reconnaissez votre mère ou je meurs à vos pieds !

ARTHUR, *d'un ton de reproche.*

Oh ! Catherine ! Catherine ! si les paroles qui viennent de sortir de votre bouche ne sont pas une horrible imprécation de l'enfer, si le démon du crime et de la jalousie a cessé de peser de tout son poids sur votre cœur, alors oh ! dites, pourquoi ne m'avez-vous pas fait mourir plutôt ?

5

LA REINE, *avec désespoir, à part.*

Oh ! mais c'est à en devenir folle...

ARTHUR, *continuant.*

Voyez ces membres brisés par vos instruments de supplice.

LA REINE.

Pitié !

ARTHUR.

Voyez l'ombre de la mort qui plane déjà autour de votre victime... et dites si je puis encore vous pardonner.

LA REINE, *éperdue.*

Oh ! une pensée aussi horrible n'a pu entrer dans votre cœur. Si vous saviez tout ce que je souffre, la mort serait mille fois moins affreuse que les tortures que j'éprouve en ce moment. (*à Gervais*) Mais dites-lui donc, Gervais, dites-lui que je suis sa mère.

GERVAIS, *à Arthur.*

J'avais promis de vous sauver, Arthur, je n'ai pu que vous rendre votre mère, c'est elle qui est devant vous, le ciel vous commande de lui pardonner.

LA REINE, *vivement à Gervais.*

Oh ! merci ! merci !

ARTHUR.

Vous voulez donc m'ôter le courage de mourir, je croyais être maudit de Dieu et des hommes, et je retrouve une mère !

LA REINE, *tendant les bras à Arthur.*

Mon enfant !...

ARTHUR, *de même.*

Dans mes bras !

LA REINE, *pressant Arthur sur son cœur.*

Cher Arthur !

ARTHUR.

Oh ! je voudrais vivre à présent.

LA REINE.

Du courage, Dieu ne permettra pas que tu meures.

ARTHUR, *faisant un dernier effort sur lui-même.*

Je sens la mort qui approche.

LA REINE, *à part, avec désespoir.*

Quel supplice !

ARTHUR, *avec découragement.*

Et Marie qui ne vient pas.

LA REINE, *d'un ton suppliant.*

Gervais, par pitié, dites qu'on amène cet enfant.

ARTHUR, *d'une voix éteinte.*

Elle arrivera trop tard (*Gervais sort au fond*).

SCÈNE XIII.

LA REINE, ARTHUR.

ARTHUR, *mourant.*

Adieu, ma mère ! Dites à Marie que j'emporte en mourant le regret de n'avoir pu la presser une dernière fois sur mon cœur ; aimez-la comme je l'aime et Dieu vous pardonnera de m'avoir fait mourir... ah... (*il meurt.*)

LA REINE, *après avoir regardé fixement Arthur.*

Mort ! perdu pour moi. Oh ! il fallait que je fusse bien coupable pour que le ciel dans sa colère me reservât un pareil châtiment. Mourir si jeune ! quand la vie allait devenir si belle pour lui, ce serait horrible ! (*appelant*) Arthur, mon enfant, reviens à toi, ouvre les yeux, vois ; c'est ta mère qui te parle, qui te presse sur son cœur, (*elle presse convulsivement Arthur dans ses bras*) il ne m'entend plus.... ses mains commencent à devenir froides.... son cœur a cessé de battre.... une pâleur livide couvre son visage, pauvre enfant? je ne devais donc te retrouver que pour te voir expirer de douleur sous la main des bourreaux. Voilà donc où nous conduit le néant des grandeurs humaines. Son supplice finit, le mien commence. Oh ! mon Dieu, ayez pitié de moi. (*Marie à la cantonnade*) Arthur, mon bien aimé.

LA REINE, *descendant précipitamment la scène.*

Marie ! oh fuyons cet horrible spectacle. (*voyant la porte du fond s'ouvrir*). Ciel ! il est trop tard !!!

SCÈNE XIV.

LES PRÉCÉDENTS, MARIE, GERVAIS, LÉONA, DURAND, (*géôliers, etc*).

MARIE, *entrant, sans voir la reine.*

Où est-il ? (*appercevant la Reine*) Ah madame! Au nom du ciel sauvez, sauvez mon frère. (*elle tombe aux genoux de la Reine*).

LA REINE, *d'une voix brisée par la douleur.*

Je ne puis plus rien pour lui.

MARIE, *éperdue.*

Que dites-vous ? Arthur....

LA REINE.

Il est mort.

MARIE, *se levant et allant se jeter sur le cadavre d'Arthur.*

Malheureuse, quai-je vu ?

DURAND, *à part.*

Les misérables, ils l'ont assassiné.

MARIE, *levant les mains au ciel.*

Mon Dieu ! vous qui n'avez pas voulu que nous fussions séparés au berceau, faites que je meure, afin que le même tombeau puisse encore nous réunir.

LA REINE.

Marie d'Entraigue, priez pour votre frère, du haut des cieux il veillera sur vous.

SCÈNE XV.

LES PRÉCÉDENTS, RICARDO, (*conduit par deux géôliers*).

LA REINE, *voyant entrer Ricardo.*

Ricardo!... L'infame! Qu'on le traîne au gibet de Montfaucon,(*les deux géôliers emmenent Ricardo*) et maintenant laissez-moi tous humilier ma couronne de Reine devant celle du martyr. (*Tableau*).

Le Rideau tombe.

Avignon. — Typ. de Théodore FISCHER aîné, rue des Ortolans, 4.

www.ingramcontent.com/pod-product-compliance
Lightning Source LLC
Chambersburg PA
CBHW060849180626
46818CB00004B/1637